LE

CAMOVFLET

De nos grans Auteurs negligens en faveur Des jeunes Auteurs de l'Academie Des Philosophes Orateurs.

LA CRITIQVE aux Auteurs negligens.

LE FEV de la CRITIQVE éléve ces vapeurs,
Des HOMERES rêvans les plus Sages Amiés;
Qui les Sçait bien Soufler aux nez de ces Rêveurs
Réveille vtilement leurs MUSES endormies.
Grand CAMOVFLET d'Horace! Auteur usez en fort
Pour Eveiller la vôtre alors qu'elle s'endort.

A l'Academie des Philosophes Orateurs,
Place Dauphine à la Renommée.

A PARIS.

M.D.C.L XXX.

Avec Privilege du Roy.

# LES PLAISIRS DE LA LECTURE AUX VIVES LUMIERES DU CAMOUFLET

OU

## MAXIMES DE LA CRITIQUE RECTIFIANTE RAISONNÉE

Sur les plus excellentes Pieces de nos plus parfaits Auteurs Latins & François, Prosateurs & Versificateurs.

*Ouvrage tres-utile aux Auteurs, aux Lecteurs, & sur tout aux Muses naissantes, pour les former au bel air de la Composition & de l'Action, sur de si beaux Modeles d'Eloquence.*

Par J D. S. Esc. Sieur DE RICHE-SOURCE, *Moderateur de l'Academie des Philosophes Orateurs.*

PREMIERE PARTIE.

A PARIS,
Place Dauphine à la Renommée, deuxiéme Appartement, où les Exemplaires se distribuent.

M. DC. LXXXI.
*Avec Privilege du Roy.*

# DIALOGUE
DES
PLUS CELEBRES AUTEURS
ET
DES CRITISTES RAISONNABLES.

## RAILLERIE PIQUANTE.

LES PLUS PARFAITS AUTEURS
AUX
CRITISTES RAISONNABLES.

*VOUS Nous lisez, non pour aprendre,*
*VOUS n'estes que des Envieux;*
*Il est aisé de Nous repr ndre,*
*Mais mal aisé de faire mieux.*

## REPONSE RESPECTUEUSE.

LES
CRITISTES RAISONNABLES
AUX
PLUS PARFAITS AUTEURS.

*Nous VOUS lisons afin d'aprendre,*
*Au contraire dés Envieux,*
*Et Nous cherchons à VOUS reprendre,*
*Pour Nous aprendre à faire mieux.*

# LES MUSES
## AUX LECTEURS
# DU CAMOUFLET.
## AVIS TRES-VTILE.

*C'est pour VOVS*
*Qu'en cette humble Preface,*
*Et (si VOVS le voulez) mains jointes à genoux,*
*On VOVS demande en grace,*
*Tres-genereux LECTEVRS,*
*De voir ce* Camouflet, *Vous y verrez la trace*
*Que se font les AVTEVRS*
*Qui veulent s'élever au sommet du Parnasse.*

# LE
# CAMOUFLET
## AUX
## LECTEURS CRITIQUES
## CAPRICIEUX.
## MAISTRE AVIS.

*Le Nom de* Camouflet *& le Nom de* Boussole,
*Sont des Noms affectez. Mais ces Nôs aujourd'hui*
*Par les coins de Paris, avec un peu de Cole*
*Informent l'Orateur de ce qu'on fait pour Luy.*

# AU LECTEUR

SUR L'ART DE BIEN LIRE

LES PLUS PARFAITS AUTEURS.

Selon le, *Quandoque Bonus delirat Homerus*, du Sçavant Horace, pour dire à nostre maniere, *Il arrive quelque fois que le Bon-homme Hommere ne pense pas à ce qu'il fait.*

## Ou de cette maniere versifiée.

*Fœlix quem faciunt Hoomeri Stygmata Cautum!*

## Traduction en faveur des François.

*Tres-genereux Lecteur,*
*Quel Plaisir n'est-ce point, dans son Aprentissage,*
*De tirer Avantage*
*Des Fautes que commet Homere Grand Auteur!*

## Ou de cette maniere.

*Vn AVTEVR qui semble endormi*
*Lors qu'il neglige son Ouvrage,*
*Et ne le polît qu'à demi,*
*A besoin qu'un Censeur plus sage,*
*Le Reveille & l'engage,*
*Par un obligeant CAMOVFLET*
*A se rendre ailleurs plus parfait.*

R. D. S. J.

# AVIS TRES-UTILE
AUX
# CRITIQUES NEGLIGENS

*Dont les* Critiques *sont ordinairement capricieuses ou chagrines, sans principe ou sans raison, steriles ou muëtes, & sans rectification.*

Le Public Orateur
Au Critique Lecteur.

*Vive vale* CRITEX *si nostri melius istis:*
*Candidus imperti, si non, his utere mecum.*

Traduction.

En faveur des CRITISQUES François.

*Que Tu me sçauras plaire,*
*Ingenieux, Sçavant & Critique Lecteur,*
*Si mieux que cét Auteur,*
*Tu me veux enseigner le secret de mieux faire!*

C'EST ce mesme empressement du Public Orateur, LECTEUR

Critique, qui nous sollicite avec beaucoup d'ardeur, à luy dire, *pour le plaisir & pour le profit non seulement des Lecteurs oisifs & curieux, des jeunes Prosateurs & Poëtes Versificateurs ou Muses naissantes ; mais encore pour les grands avantages de la plus-part de nos plus celebres Auteurs qui, de leur propre aveu, se sont appliquez à la composition de leurs Chefs-d'œuvres, sans Toise ou Compas, sans Cordeau, sans Iettons, sans Plomb, sans Balance & sans Niveau & pour parler simplement, sans sçavoir ce qu'ils entreprenoient de faire, ny de quelle sorte ils s'y devoient prendre ; à la maniere de nos plus fameux Disers de la Cour, qui se vantent de parler & d'écrire admirablement bien nostre Langue, quoy qu'ils ne la sçachent pas, ne l'ayant jamais aprise que par usage, c'est à dire, sans raisons, sans principes, ou sans fondemens, & mesme ne le peuvant pas encore aujourd'huy, nos Maistres Mrs. de l'Academie pour la Langue Françoise, ne nous l'ayant pas encore donnée, dans sa derniere perfection.*

I. Que la Critique (au jugement du Grand Longinus si capable d'en parler) est un effet d'une grande & longue experience, qui fait chercher les négligences (pour ne pas dire les Béveuës, les ignorances, les incongruitez, ou les sollecismes & les Barbarismes) d'un excellent Auteur, pour les découvrir, qui les découvre pour les faire voir, qui les fait voir pour les faire connoître, qui les fait connoistre pour les faire éviter, & même les corriger (lors qu'il se peut) qui les corrige pour faite acquerir l'habitude de n'y pas tomber dans la chaleur où l'Enthousiasme de la composition, & mesme de l'impromptu, & que la Critique n'agissant que par poids, nombre & mesure, elle est l'ennemie declarée de l'Imposture & de la Flaterie lâche & criminelle; & que pour estre excellent Critique, il faut avoir le Naturel bien tourné du costé des Langues; l'Ame capable de plusieurs formes & sentir à demy mot le bon & le fin des Pensées & des Expressions d'un Auteur (apres l'avoir leu plusieurs fois) sçavoir la Langue de l'Auteur, entendre le Sujet & son Art, ou ſa Methode; avoir l'Ame vive, l'Imagination facile, la Memoire heureuſe, l'Eſprit preſent & penetrant. Aprés quoy le Jugement (la Toiſe, les Jettons & la Balance en main pour ainſi dire) entre dans l'eſprit d'un Auteur, & ne manque jamais d'y trouver, par l'acte de la partition, de grans ſujets ou d'admiration & de loüanges, ou de grandes rectifications à faire, s'il le trouve à propos; à la maniere d'un excellent Avocat, qui, apres avoir peſé & repeſé, dans la Balance du Jugement, les termes ou de la Loy ou du Teſtament; entre dans l'eſprit ou du Legiſlateur, ou du Teſtateur de derniere volonté, & leur fait dire ce qu'ils diroient s'ils eſtoient au monde. Voyez encore ce que nous en diſons dans cét Art de Critiquer, Page 3, juſqu'à la 12.

II. Que Ciceron en parle ainſi au 2. *Academ.* Quand il dit, *Oculi Picturâ tenentur, aureſque Cantibus.* Pour dire à la Françoiſe. *Les Tableaux nous prennent par les yeux, & les Opera par les oreilles.* Et dans le quatriéme, quand il dit, *Multa vident Pictores, in vmbris & eminentiâ, quæ non vi-*

*demus.* C'eſt à dire que *les Peintres & les Connoiſſeurs découvrent dans les Ombres & ſur les Eminences de la Peinture, des Charmes & des Graces que n'y peuvent découvrir ceux qui ne s'y connoiſſent pas.* Cette judicieuſe & ſçavante Réflexion de ce Grand Orateur nous fait voir que les Chefs-d'œuvres de l'Eloquence doivent eſtre faits à loiſir, au Compas & au Niveau, c'eſt à dire avec autant d'application, d'exactitude & d'art, que ceux de la Peinture & de la Muſique, & qu'y eſtant formez avec autant de rigueur que ceux de l'Arihtmetique & même de la Grammaire & de l'Orthographie, pour les Ponctuations du ſens, du ton & de l'atitude ou de l'action, les grands Orateurs & les bons Connoiſſeurs apperçoivent ſous les fictions de leurs Figures & de leurs Traits Oratoires ce que les Senſuels ſentent; mais qu'ils ne connoiſſent pas, à moins d'eſtre éclairez des lumieres de la Compoſition pour monter les Ouvrages, ou de celles de la Critique, afin de ne pas dire du Camouflet, pour démonter ces meſmes Ouvrages, comme auſſi de celles de la Rectification ; lors qu'ils y trouvent de l'irregularité, selon l'esprit de l'Embléme ou Devise de la Critique en Partition rectifiante raisonnée.

*Invenisse juvat magis exequi, at ultima laus est,*
*Postremam inventis apposuisse manum.*

III. Que nous ne nous servons des Lumieres de la Critique ; c'est à dire des maximes de la Décomposition, que pour justifier l'excellence de la Composition Oratoire, comme on justifie celle ou d'Arithmetique par la preuve, ou de Musique par la partition, ou de Geometrie par la Toise, ou par le cordeau pour la longueur de l'Ouvrage, par le Plomb pour le perpendiculaire, le Verical, ou l'Elevation ; par le Niveau pour le Plan ou l'Orizontal, & ainsi des autres, afin d'en faire connoistre la regularité ou l'rregularité aux jeunes Auteurs, ou qui nous consultent, ou qui nous écoûtent ; c'est ce que l'Echole nomme tres-judicieusement & tres-sçavamment, *Ratiocinari* ou *respondere à definitione*, qui eſt une dangereuſe maniere de mettre un Ouvrage à l'épreuve, & que, pour ne point parler du Camouflet, on pourroit appeller l'Eſtrapade, que peu d'Auteurs profânes ſeroient capables de ſoûtenir & mille & mille fois plus à craindre que la Sellette d'un Lieutenant Criminel ou de la Tournelle criminelle (que la Probité ne craint point) s'il eſt vray que l'honneur ou la vie de l'eſprit eſt un eſtat plus conſiderable que celuy de la vie purement naturelle. Et ainſi pour ſoûtenir qu'une telle ou telle Piece eſt une Elegie ou un Sonnet, un Epigrame, &c. il faut avoir recours à l'Elegie qui en eſt l'original ; qu'une telle Piece eſt une Epithalame ; il faut voir ce que c'eſt que l'Epithalame ; à la façon des Geometres, qui ſoûtiennent qu'une telle Poûtre à vingt pieds de longueur, parce qu'elle eſt conforme à la vingtiméme application ou repriſe du Pied royal, qui en eſt la pierre de touche.

IV. Que nous découvrons ſeulement les irregularitez des Pieces Oratoires que nous ne ſçaurions défendre contre la Critique raiſonnable, qui ne manque jamais de fermer la bouche à ceux qui ne sont qu'Artistes de hazard, de bon-heur ou d'imitation sans principes , & qui ne peuvent estre du nombre des Artisans judicieux & sçavans, que les Romains nomment *Sapientes Artifices*, pour dire, Gens qui sçavent travailler, ou qui sçavent qu'ils travaillent bien, pouvant rendre raison de leurs Ouvrages à la maniere des Arihtmeticiens & des Geometres, qui sçavent qu'ils sçavent operer, au contraire des Auteurs de hazard, de Genie, d'imitation ou de bon heur , qui ne sçavent pas, s'ils font bien, à la façon des sens, qui ne sont pas asseurez de leurs connoissances, & qui fait que la veuë se fait secourir du toucher, qui est le moins fautif & le moins trompeur.

V. Que nous loüons autant que nous le pouvons, les actes ou les trais que nous pouvons défendre, comme reguliers & d'exemples ; ainsi qu'il se voit en mille & mille endroits de nos Critiques, jusqu'à nous emporter dans l'excez de l'Enthousiasme , d'admiration & de loüange, & dire à l'Exemple du Grand M. de Gombaut, parlant de la XVI. Stance de M. de Malherbe pour le Roy. *Nous voudrions qu'il nous eust coûté les Oreilles du plus grand de tous les Anticritiques d'une telle ou telle Piece, & pouvoir nous venter de l'avoir faite; un tel ou tel Vers, un tel ou tel distique, Stance, ou Quatrain*, comme cét admirable que dit Chimeme, (quoy qu'il eut le don de déplaire au grand M. de Scudery, au moment qu'il charmoit tout Paris)

*Pleurez, pleurez mes yeux & fondez-vous en eau,*
*La Moitié de moy-mesme a mis l'autre au Tombeau,*
*Et m'oblige à venger aprés ce coup funeste,*
*Celle que je n'ay plus sur celle qui me reste.*

VI. Que nous ne sçaurions aprouver, ny non plus nous servir de ces Rebuts imperieux ou Critiques steriles, müetes ou impuissantes; c'est à dire sans raison ou sans fondement, lors que ces lâches Critiques, ou de mauvaise humeur pour ne rien dire de plus, nous disent d'un air plus que paidant; *ce Terme est impropre; il n'est pas à mon goust.*

*Cette Phrase est ridicule, défectueuse, impertinente*, sans donner de, *pource* au *pourquoy*, que leur demande le Suppliant, quel qu'il soit, qui fondé sur le bon Sens & sur les Principes de la Langue, contre l'usage du petit Peuple, a peut-estre gagé ce qu'il a de meilleur; ny non plus ces foibles & faciles défaites que d'autres donnent, à la façon des Oracles du temps passé parmy les Payens,* ou de la Politique d'aujourd'huy; & ne donnent point d'autres réponses que celuy-cy. *Nous agissons à la maniere de la Cour de Parlement, nous ne rendons point raison de nos décisions*, cõme elle n'en rend point de ses Arrests (n'est-ce pas là bien commer à la façon des Glans du C.M.) Ou ainsi à la façon des Souverains, *Sic volo sic jubeo, sit pro ratione volun as*, où enfin selon le *Ratio ultima Regum*, de nostre Auguste Monarque. La Critique raisonable donne des raisons & des rectifications, afin que ceux à qui elle les donne, les donnnent à ceux qui les leur demandent, & qu'en cas de refus de raison ou de principe, on ne puisse pas leur reprocher leur feblesse, &

leur dire : *Vous estes d'admirables Maistres*, de ne pouvoir rendre raison, de vos réponses, & de ce que doivent faire ceux qui ne le sçavent pas ; au defaut de laquelle preuve ou raison, peu de gens bien sensez font difficulté de les traiter, ou de ridicules ou d'ignorans, de réservez ou dissimulez, à l'exception des difficultez qui se proposent sur les mysteres de la Religion, qui sont d'obeïssance & de respect, de mesme que les premiers Principes des Disciples, comme de la Grammaire au regard de son Alphabet, que le vulgaire nomme, *la Croix de par Dieu*; c'est à dire le Jeroglyphe de la docilité qu'il faut apporter dans l'acquisition des Disciplines, quelles qu'elles soient, pour les admettre, les recevoir & les cherir avec respect, sans demander raison pourquoy, *a*, est *a*, *b*, est, *b*; 4, est 4, *sol*, est, *sol*, qu'il faut recevoir à mains jointes, avec foy, avant que d'aller plus avant. Enfin nous disons que répondre aux Gens sans réponse, c'est agir en Maistres, qui semblent n'avoir ny principes ny suppositions, c'est à dire, point de commencement, & ainsi point de suite, &

enfin point de perfection & point d'achevement, contre le Genie des Disciplines, ainsi nommées, pour dire, que d'elles-mesmes elles sont tres-dignes & de nostre imagination & de nostre memoire & de tous nos soins, pour les reduire en habitudes, ayans leurs Principes asseurez, à la façon des Mathematiques, par le seul secours de la Raison, que n'ont pas ces Maistres à la Vaugelas (ainsi qu'on le veut) q se couvrent foiblement de l'Usage comme d'un Bouclier à l'épreuve de la raison & des principes ou regles des Disciplines de la parole & du Discours, & sans le distinguer ou remarquer qu'il y en a de quatre sortes ou quatre especes.

Le Populaire ou le vray bas Patois.

Le Populaire, mais sans aucune mauvaise consequence.

Le Forcé, ou d'obeïssance & force majeure jusqu'à nouvel ordre.

Le Sçavant, ou le raisonnable.

1. Le Populaire, que le vulgaire nomme le Patois, se peut souffrir dans la plus basse conversation; par l'acte de la complaisance qui s'accommode aux sujets, aux lieux, au temps & aux

personnes , pour s'accommoder avec tout le monde ; comme sont celles qui suivent, *Cleophane se porte mieux aujourd'huy qu'il ne faisoit hier, sa fiévre n'a duré que quinze ou seize heures, au lieu de vingt & deux heures les jours precedens.* C'est un plaisant *mieux* de Febricitant, qu'un accez de fiévre de quinze à seize heures ( au lieu de dire, en Puriste ou Philologiste qui ne demande que de belles expressions, bonnes, justes, nettes & satisfaisantes) *Cleophane aujourd'huy se porte moins mal qu'hier.* Ou. *Il se portoit hier plus mal qu'aujourd'huy.* Où celle-cy. *Vn Gentilhomme Bourgeois aime mieux avoir la teste tranchée que d'estre pendu.* Un plaisant amour ! pour dire, *il luy est moins honteux d'avoir la teste tranchée, que d'estre pendu.* Et ainsi de celle qui suit, du mesme bas Populaire. *Enfin, M. le Chevalier des trois Lunettes, n'eût pas plûtost apperceu son Rival, qu'enfonçant son Chapeau dans sa teste* ( ridicule expression & plus funeste enfoncement) *en suite d'une castorisation à la Françoise, il mit la main à l'Espée, &c.*

Pour le dire dans la verité de la chose. (autre plaisant Vulgarisme de la Cour-mesme, au lieu de dire, *selon la verité du fait.*) *Enfin M. le Chevalier des trois Lunettes n'eût pas plûtost apperceu son Rival, qu'enfonçant sa teste dans son Chapeau.* Judicieux enfoncement de teste, sans doute afin de la mettre à couvert de l'Estramassonnade, comme l'un des trois principaux donjons de la vie & de se la conserver au peril d'un Chapeau, dont les blessures ne sont pas mortelles à celuy qui l'expose, plûtost que de conserver son Chapeau au peril de sa teste, en l'y enfonçant tout entier, afin de luy en faire un étuit d'une estoffe qu'a son égard tous les Chapeaux du monde ne sçauroient jamais payer. Où ainsi selon le génie & la force de la Preposition latine, *in*, pour dire, *in capite deprimere*, qui signifie, *sur*, en François, ou, *autour de*, pour dire, *enfoncer son Chapeau sur sa teste*, à la maniere des corps concaves ou creux, comme le Chapeau, & des corps convexes ou de forme élevée, de bas ou haut relief comme la Teste, qui sont capables ou susceptibles de cette union, ou societé que la Langue Françoise appelle enfoncement ou plongement, & le mélange du contenu & du contenant, par lequel acte d'enfoncement de la teste dans le Chapeau, toutes les parties ou tous les points de la teste qui est le contenu, sont couvertes de toutes celles ou de tous ceux du Chapeau qui en est le contenant, les unes estant sur les autres, celles du Chapeau sur celles de la teste. Ainsi l'on parle autant vulgairement qu'il se puisse, lors qu'on dit. *M. l'Archevesque de Sacréfont y fit l'Office, la Mître en teste*, il faut dire, *la Mître sur la teste*. Mais on parleroit fort puriste ou Philologiste, si on disoit: *M. l'Abbé des Couchilles à toûjours la Mître en teste, lors qu'il prêche devant le Roy*; C'est à dire, qu'il en est coëffe par le dedans l'ayant en teste, & qu'il seroit ravy d'en estre coëffé par le dehors, se la sentant sur la teste. C'est ainsi qu'il faut traduire l'*ambulare in manibus*, des Latins, il marchoit sur ses mains, au lieu de traduire en Vulgariste, *il marchoit dans ses mains*, autant Camoufletable que *la Couronne en teste*, lors qu'on en est couronné. Et ainsi des autres Vulgarismes du plus bas étage & du dernier ridicule, comme gagner une maladie (plaisant gain) comme sont aussi *Pauvre Dieu*, pour *Dieu pauvre. Pauvre Pretre*, pour *Pretre pauvre.* Ainsi qu'il se lit en lettres d'or sur le Pectoral du R. P. Bernard, devant l'Autel de la S. V. à la Charité, Faux-bourg saint Germain. Comme sont encore, *Mépriser les Richesses & les Honneurs* dans la bouche de nos plus celebres Predicateurs; comme si *les Honneurs* & les *Richesses* estoient l'objet du mépris. Où *Imperium contempsit Christina Gotorum Regina*, que cette Reine camoufleta, à la Porte de saint Antoine, faisant son Entrée à Paris, dont l'un des Arcs de Triomphe pour cette Princesse, portoit cét injurieux Eloge qu'elle rectifia en luy substituant, *Imperium deposuit.* (Abdicavit) ajoûtant pour raison peremptoire & dominante qu'elle n'estoit pas pire que fole pour mépriser trois Royaumes, que representent les trois Couronnes fermées, qui chargent l'Ecusson des Suedois.

C'eſt ainſi qu'il faudroit prendre le *Beati qui timent Dominum*, de David, pour dire, *venerantur* (ou *amant*, qui ſuffit) la diſtinction de *Timor filialis*, & *ſervilis*, &c. eſt un faux fuyant qui ſupoſe une expreſſion obſcure. C'eſt ainſi qu'il faudroit prendre le *Timor Domini initium ſapientiæ*, pour dire, *Amor Domini initium ſapientiæ*. Le G. J. Ceſar, ne pouvant ſouffrir la crainte dans le cœur de ſes Concitoyens, dit quel que part, qu'*il aimeroit mieux mourir que de ſe faire craindre*. Cōme auſſi ces injurieuſes, *Genitivitez*, ou cōſtructions de deux ſubſtantifs de ſuite, que l'Ecole apelle le *Liber Petri*, cōme *la Haine de Dieu des Mèchans*. Cette Phraſe n'a-elle pas beſoin d'un Commenraire & d'une diſtinction, pour ſe faire entendre, comme cette autre. *Les Aſſaſſins de Ceſar*. Que veut dire cette Phraſe ? Comme auſſi les *Volleurs d'Egliſes*, *les Volleurs de grands Chemins*, & mille & mille autres encore plus impertinantes & plus ridicules ; & meſme Proceſſives, lors qu'elles approchent du Palais ou de la Chicane, & les autres que l'on ſuce avec le lait des nourrices de Village, que la haute Cour autoriſe, par l'employ qu'elle en fait, & qu'elle appuye en faveur de la baſſe Cour ( à la maniere des deux Chābres du Parlement d'Angleterre, la Haute & la Baſſe) & dont par l'eſtude la Haute Cour, c'eſt à dire, les Puriſtes ou Philologiſtes, dévroient ſe défaire en faveur de la Baſſe, à cauſe que ces Phraſes, comme étrangeres & bâtardes, n'eſtant pas raiſonnables, ne ſe peuvent deffendre par la raiſon, n'eſtant fondées que ſur une Chimere ou Phantome, que l'on nōme *Vſage*, ou le Seigneur, *On*. Mais apres tout, par le, *contre Vſage*, où la droite Raiſon, qui n'agit que par les Regles de ſon Art, le poids, le nombre & la meſure, c'eſt à dire le bon ſens, il faut ſe défaire de cét, *Vſage*, ſans raiſon, comme d'un lâche, foible & ladre Uſurpateur ou Tyran, qui n'agiſſant, que par caprice, n'eſt propre à tyranniſer ou ſoûmettre que ceux, qui comme des Bêtes, ne reconnoiſſent point la raiſon, & ne répondent qu'aux coups de Verges dont on leur parle, ou à la maniere des Moutons, qui ſe ſuivant les uns les autres aveuglément, ſe jettent tous dans le mesme précipice. Comme aussi de ces Licences trop licencieuses de la plusspart de nos Auteurs negligens, pour ne rien dire davantage, qui cachent leur foiblesse, & peut estre quelqu'autre defaut (que le respect nous défend de nommer) & desquels neantmoins, mais contre le bon sens, ils pretendent se faire des graces & des ornemens d'expression, ou des delicatesses, par la figure d'*Enallage*, comme qui diroit *derogente*, & celle de l'*Antiphrase*, pour dire, *Expressions renversées*, qui font dire à Messieurs les Licenciez de l'Usage, qu'*enfoncer son Chapeau dans sa teste*, & *mettre ses Pantoufles dans ses pieds*, sont des plus belles Expressions d'Antiphrase (pour ne point dire extravagantes) dont les Auteurs se puissent servir. Mais qui ne voit qu'ils parlent licencieusement, ou qu'ils se défendent, à la maniere des Bossus les plus parfaits, qui se disent estre du nombre des Chefs-d'œuvres de la Nature, & qu'ils font une partie de ses plus beaux ornemens. Mais ceux qui sont tournez d'une toute autre maniere leur disent, que c'est seulement de la Nature irreguliaire & facecieuse, qui s'est divertie à *leur tourner le dos*, pour donner plus d'éclat à ceux qui sont bien faits.

2. L'Usage Populaire ( mais sans aucune mauvaise consequence qu'on peut nommer Politique ) de complaisance, ou pour le mieux & de bienseance; mais qui neantmoins ne se soumet jamais qu'à la plus grande autorité, pour subir la loy du Banissement. C'est ainsi ( il y a quelques années, du Regne de Loüis XIII. ) que le mot, *Eminence* ( qui signifie proprement un lieu plus élevé que les autres, que nous appellons côteau ceda la place à *Hauteur* ( pour ne signifier que la dignité des Princes du Conclave, en faveur du Cardinal de Richelieu ; qui nous fait dire aujourd'huy ; *Les Ennemis parurent sur une Hauteur* ; au lieu de dire, *Sur une Eminence*. Mais il y faut une force majeure, parce que ces Expressions sont tres-bonnes, hors de la reprimande du Camouflet, & sans mauvaise consequence. C'est ainsi que le malheureux, *Avalez la Lanterne*, fut condamné aux Galeres ( ou du moins au païs d'aval des Bâteliers qui s'en servent;

vent; ou moins honteusement à l'usage des Parasites qui en usent de tout leur cœur, n'ayans jamais de plus grand plaisir, que lors qu'aux bonnes Tables des Riches, ils avallent les plus frians morceaux) mais par Sentence de Police, & sans appel, il y a six ou sept ans; sans que jusqu'icy il ait pû se racheter de son Ban pour se faire réhabiliter, & qui luy substitua celuy d'*Abaisser la Lanterne*, comme plus civil, plus poli, plus honneste, & de meilleure naissance, en obligeant le Lanternier, ou pour mieux dire, l'Officier de Lanterne à dire, *Abaissez la Lanterne*, & plus du tout, *Avalez la Lanterne*, sur peine d'amende. Le motif de ce banissement d'*avaller la Lanterne*, est autant plaisant, boufon & facecieux, que celuy de *Hauteur* pour *Eminence*, estoit & magnifique & serieux, & Politique. C'est ainsi que ce fameux nom d'*Opera* pourroit estre changé; mais jusqu'icy il s'est maintenu dans ses droits de possession nominale, qu'il tient icy de l'Ingenieux M. le M. de S. nonobstant les trois ou quatre Proclamations ou Clameurs de Haro & Chartre la Normande, qui ſe font chaque ſemaine depuis ſept ou huit ans, de la part de M. B. Lulli, Chef de la Muſique du Roy, & meſme de toute la France, qui n'a pû encore luy ſubſtituer, dans l'uſage du Peuple, celuy d'Academie en Muſique que dans ſes affiches, & que le Public a rejetté juſqu'icy, & rejettera (à moins que le bras ſeculier intervienne) comme affecté, impropre & trop long pour le Peuple, qui n'eſt capable de concevoir & de dire que peu de choſe, comme, *S. Denys*, pour, *la Ville de Saint Denys. Noſtre-Dame*, pour, *l'Egliſe de N. Dame. Les Invalides*, pour, *le Chaſteau des Invalides. A vous dit*, pour, *Avez-vous dit. Manque de tonſure les Benefices de mon Oncle furent perdus*, il faut ſous-entendre, *pour moy*, & non abſolument. *Le Cimetiere ſaint Innocent*, pour, *des Saints Innocens.* Les Puriſtes ou Philologiſtes, c'eſt à dire ceux qui tiennent le party des plus belles Expreſſions ſouffrent ces Vulgariſmes, & meſme ils s'en ſervent, en parlant avec le Peuple, comme communs, mais ils n'en uſent pas entr'eux, & ils ne les écrivent point, ſi ce n'eſt pour ſe divertir, comme Monsieur de Moliere, qui dit dans quelque-une de ses Pieces Comiques, *je n'en puis mais* , pour dire, *je n'en suis pas la cause.*

C'est sans doute à la Metamorphose, refonte & refabrication de ces mauvaises Phrases, & des autres qui ne sont pas moins irregulieres, que s'occupent principalement Messieurs de l'Academie Françoise & dont au premier jour nous aurons les ingenieuses & sçavantes reformations dans leur grand Dictionaire.

4. Le sçavant usage ou le raisonnable, est celuy dans lequel on se couvre, non du simple usage (qui n'est qu'un simple nom ou chimere, sous le Titre d'Impersonnalité ou Monosyllabe, *On*, l'actif, *On dit*, *On fait*, ou ainsi par le passif, *il se dit il se fait*) mais de la raison, qui le soustient & dont se servent les Puristes ou Philologistes sçavans & polis, lors qu'ils parlent, & sur tout lors qu'ils ecrivent aux Philologistes, & lors qu'ils prêchent, qu'ils plaident ou haranguent dans les plus augustes Assemblées, comme dans nos Ouvertures d'Audiences de nos Parle-

mens ; parce que pour lors ces Auteurs ou Orateurs, sont les Maistres du Bureau, comme on parle, & de la Parole; & s'ils en usent autrement dans de certaines rencontres, en parlant dans le dernier libre du plus bas Populaire qui les écoute, c'est toûjours avec beaucoup de reserve, de discretion ou de conduite, pour faire voir qu'ils se font violence, omme. *Il est vray que ce jeune Cavalier a bien du merite, mais il danse drollement*; en relevant cette petite licence par le petit correctif ou sauf conduit, *pour ainsi dire*, & sur tout lors qu'une expression plus exacte leur manque. Les Puristes ou Philologistes & Gens à paroles choisies, justes, pures, nettes, propres, polies, exactes, energiques, vives & pressantes (à la maniere des curieux de Tableaux, de Fleurs, de Figures, de Medalles, d'Ajustemens, de Danses, d'Airs & de Chevaux) ne voulans jamais avilir leurs Expressions ou se servir des populaires. Et ainsi ils aiment bien mieux dire, *Il est vray que ce jeune Cavalier a bien du merite; mais enfin je ne puis me tenir de vous dire qu'il chante & qu'il danse le plus plaisã-*

*ment du monde* ( au lieu de dire, *le plus drolement du monde*) *& que ces deux exercices ne feront jamais les deux plus beaux endroits de sa premiere ieunesse & de sa Galanterie.* Voyez ce Camouflet.

3. L'Usage forcé ou de force majeure jusqu'à nouvel ordre, de la part de M. de l'Academie Françoise [ dont se deferoient facilement ceux qui en sont capables, s'ils l'avoient d'y travailler) comme sont, *ferrer un Cheval d'argent*, dans laquelle Phrase il y a deux épouvantables fautes ; nous sommes fâchez qu'elle ait grand cours à la Cour la plus haute & la mieux instruite à la Vangelase, c'est à dire dans l'opinion du sçavant Monsieur de Vaugelas. *Nous n'estions pas plus de trente & un Fantassins*, ou *Fantassin*, *qui défimes vingt & un Cheval* ( ou Chevaux ) dans laquelle Phrase il y a aussi deux furieuses impertinences) quelque nombre qu'on veille prendre, & quoy qu'elles soient dans la bouche de nos plus delicats Courtisans. *C'est un Chevau leger* ( Remarquez bien ces deux-là, comme les trois de la Phrase suivante)

*C'est un Centsuisse. Le Petit Grand Turc. Le Petit Grand Maistre. Le Plat creux. Le Plat plat. Il va venir. Il va se lever. Ie vais vous le dire. Ie viens de vous le dire*; & plusieurs autres de cette irregularité, qui donnent la gehenne & la torture aux Estrangers spirituels, qui demandent raison de nos constructions, avec raison, mais inutilement; les Maîtres les renvoyant à Messieurs de l'Academie, qu'ils regardent avec raison, comme les Oracles de nostre Langue. Lesquelles vilaines Phrases, Monsieur de Vaugelas, M. Menage & le R. P. Bouhours, n'ont regardées que comme les Medecins & les Chirurgiens regardent les Cancers, qu'ils nomment des, *Noli me tangere*, comme qui diroit *des choses sacrées qu'il ne faut pas toucher*; sans parler de celles qui renferment le *Merite* & la *Dignité*, comme; *C'est un coquin, qui plus de cent fois a merité la corde. C'est un infâme qui est digne des Galeres, &c.* Que nous ne faisons pas difficulté de nommer les Parties honteuses de la Langue Françoise, ou la honte de nos Maistres, puis que ces belles, honnestes & nobles Partiesle, *Merite*, & la, *Dignité*, ou, *meriter*, & *estre digne*, ne se doivent jamais prendre qu'en bonne part, c'est à dire respectueusement, honnestement & noblement, comme sont encore les *Combats navals*, pour *navaux*. Les Bals, pour les *Baux*, *Poumon*, *Pulmonique*, Tresor, *Thesauriser*. *Livre*, *Libraire*. *Les Champs*, *la Campagne*. Mais quelle aparence de ne rien dire du fameux usage & mesme à la Cour, qui dit, le *Bateme d'une Cloche*, ou, *Batiser une Cloche*, pour dire. *Benir une Cloche*, *la Benediction*, ou, *Consecration d'une Cloche*; & parce qu'au moment qu'on baptise un enfant ou un Adulte, on luy donne un nom, le Vulgaire veut avec la Cour, que *baptiser* & *nommer* ne soient qu'une mesme chose; comme sont encore, *jetter les yeux*, pour tourner les yeux, ou la veuë, ou pour le plus, *jetter*, *lancer*, *darder*, & *décocher des regards*. *Orthographe*, pour *Orthographie*, à la façon de *Geographe*, *Geographie*, & celle-cy sur tout, qui est de la plus haute Cour. *SIRE*, *V. M. doit croire que depuis sa Declaration contre les Duels*, je ne me suis point battu. Que veut dire, *je ne me suis point battu?* Le Roy est-t'il obligé de deffendre à un Gentihomme de se battre? *SIRE, Vos Trouppes enragent de se battre, &c.* Enfin, *aller à Cheval sur un Asne, sur une Mule. Faire des vers sur une Dame, &c.*

VIII. Que les principales Routes, démarches, degrez ou proprietez de la Critique raisonable & raisonante, sont les neuf Principales qui suivent.

Le Genie ou le Naturel.
L'Erudition, ou la grande conoissance
L'Audiẽce qu'on donne aux Maîtres.
La Lecture de leurs Chefs-d'œuvres.
La Trãscription des meilleures Pieces.
La Partition ou Anatomie.
La Rectification ou encherissement.
L'Imitation comme de Modeles.
La Composition sans secours, &c.

Aprés avoir remply ces neuf Fonctions * precedentes, il est aisé de faire de sçavantes Critiques de Philologie; de même qu'il est facile de bien faire les Fonctions de Maréchal de France, lors qu'on a passé par tous les Degrez militaires, qui sont les douze principaux qui suivent.

| | |
|---|---|
| Fantaſſin. | Capitaine. |
| Appointé. | Colonel. |
| Lanſpſade. | Mareſchal de Camp. |
| Corporal. | Brigadier. |
| Sergent. | Lieutenant General. |
| Enſeigne. | General. |

Maréchal.

Toutes leſquelles qualitez rendent des Soldats tres-dignes du Bâton Royal, & tres-capables de le bien porter, & bien manier. * Voyez les Pages 14. 15. &c. de ce Camouflet.

IX. Que le Lecteur qui veut lire à profit, doit faire trois lectures des Exemples de Critique que nous luy donnons, que nous appellons Partitions, Anatomies, Diſſections & Décompoſitions en rectification, à la maniere des Conſtructions de Grammaire, vulgairement nommées Syntaxe; dont les petits Ecolliers d'une cinquiéme Claſſe dans nos Colleges, doivent rendre raiſon, ſur peine de cent & cent petites Avanies que le Regent leur fait ſouffrir quand ils y manquent, quoy que ce ſoit ſur des Compoſitions qui leur ſont eſtrangeres, ou qui ne ſont pas de leur façon; & que peut-eſtre peu de nos plus parfaits Auteurs ſoit Proſateurs, ſoit Verſificateurs, n'auſeroient entreprendre ſur leurs propres Ouvrages, ſelon les Regles de la Décompoſition, quiregnent dans ce Camouflet; & dans les deux Partitions qui s'y trouvent, de deux Pieces oratoires.

L'une de Ciceron, qui eſt ſimple.

L'autre de Salluſte, qui eſt compoſée. Comme auſſi dans celle de la Relation de la Priſe de Fribourg, parce que la pluſpart de ces Grands-Maiſtres, faute de s'y eſtre accoûtumez, ne font jamais la Critique de leurs Ouvrages, qui leur ſeroit difficile, puis qu'ils compoſent ordinairement ſans art ou par caprice, & que réüſſiſſant, par bon-heur, ils font enfin aſſez bien quelques fois, aprés avoir long temps fait aſſez mal, c'eſt à dire, une bonne Piéce pour pluſieurs mauvaiſes. C'eſt ce que le G. M. de Corneille avoue de bonne foy dans la premiere de ſes Prefaces, ſur ſes raviſſantes Pieces de Teâtre. Au lieu que les autres Maiſtres, & meſme les Méchaniſtes, qui travaillent par art, ne font jamais de mauvaiſes Pieces, que lors qu'ils ne ſuivent pas les Maximes de leur Profeſſion. Cette facilité * des uns & cette difficulté des autres, nous font voir que M. de Balſac écrivoit ſans art ou methode, c'eſt à dire, ſans certitude de bien faire, puiſque dans la pluſpart de ſes admirables Lettres, il s'excuſe ſur ſes indiſpoſitions ordinaires (à ce qu'il diſoit) & ſur le grand nombre de ſes Remedes, dont il parfumoit aſſez ſouvent les plus belles de ſes Lettres, dans la penſée (que n'ayant point d'art ou de methode) elles paſſeroient pour irreguliaires, & qu'on l'excuſeroit ſur ſes frequentes maladies. Et le charmant & inimitable M. de Voiture, ne découvre-t'il pas ſa febleſſe (que le moindre Menuiſier ou Tailleur cacheroit s'il en avoit) quand il dit, quelque part, qu'il ſe trouve dans les plus grandes peines du monde, lors qu'il luy faut écrire une Lettre de qualité, & que le moindre Procureur de Bailliage en a beaucoup moins que luy, en commançant, ſans façon, par un; *Pour répondre à la Voſtre, je vous diray, &c.*

* *Sur la difficulté d'écrire des Miſſives de Balſac & de Voiture, & ſur la facilité, au contraire, Vous devez voir noſtre*

*Boussole du Parfait Secretaire*, Page 455. l. 14. *Et en un mot, tous les Avis que nous y donnons, dont il y a une Table.*

Ce qui fait que les Auteurs ne réüssissent, ou que par bonheur, ou que par la tolerance & complaisance qu'on a pour eux (ne sçachans pas travailler, au moins le plus grand nombre) c'est que par d'imprudẽtes ou prepostéres constitutions ou fondations d'Ecoles publiques, nos Maistres de College nous apprennent, à douze ou treize ans, la Rethorique, dont l'estude suppose un jeune Homme fait, d'esprit, de jugement & de capacité, comme il se voit par la définition qu'ils nous en donnent, quand ils disent, *la Rhetorique est l'art de bien dire*, ou la *Science de parler longuement judicieusement & agreablement*. Voicy leurs Termes. *Ars benedicendi, copiosè, appositè, ornatè*; mais sans donner aucune suite à ce Verbe *benedicéndi*, soit d'Accusatif, soit l'Ablatif regi, & qui devroit estre accompagné de l'un de ces deux, ou de quelqu'autre. *Rhetorica est Ars benedicendi cognita*, ou *de cognitis*, pour dire à la Françoise.

*La Rhetorique est l'Art de bien dire ou de bien parler des choses dont nous avons la connoissance.* Que la Prudence classique ou collegiale suprime politiquement, c'est à dire judicieusement, dans la crainte, qu'en y adjoûtant la suite que ce Verbe demande, & que nous venons de donner, quelqu'ingenu Novice Rhetoricien ou quelque malicieux ne leur dît, *que ne connoissant dans la premiere Classe que d'assez mauvaises constructions de Grammaire ou Greques ou Latines, il n'est pas encore propre à l'estude de la Rhetorique, qui demande de plus hautes & de plus solides connoissances, de Morale, de Droit, de Politique, &c. & ainsi un esprit plus avancé que le sien.* Cette mauvaise coûtume d'enseigner la Rhetorique apres les Humanitez, ainsi qu'on parle, & cette legere connoissance des Poëtes, comme qui diroit (pour la plus-part) des Romans ou Mercures Galans & des Fables, que peuvent avoir nos Classiques sans les entendre, n'empeschent pas que ces mesmes Messieurs nos Maistres de College n'aillent toûjours le train de leurs Predecesseurs, & que leurs

Disciples ne reçoivent avec beaucoup d'éloge leurs Lettres de *Maistre aux Arts*, mais dans lesquelles politiquement ils suppriment les deux Accusatifs du Verbe, *docendi*, qu'il doit avoir de plein droit Latin (mais plus que tyranique, pour ne pas dire licencieux & plus que ridicule) quand ils disent, *Do tibi facultatem docendi.* Pour dire à nôtre maniere. *Ie vous donne le pouvoir d'enseigner.* Ce Verbe, *docendi*, est si mal traité, que des deux Accusatifs qui le doivent accompagner pour luy faire honneur, il n'en a aucun, tant il est vilainement écourté ; mais voicy la raison. C'est que les Maistres en les leur donnant pour les faire paroistre, auroient de la confusion de leur dire à la honte de l'imprudente Institution, *Do tibi facultatem docendi te ipsum ea quæ nos te ipsum non docuimus.* Pour dire à nostre maniere. *Nous vous donnons pleine faculté ou puissance de vous enseigner à vous-mesmes les choses que nous ne vous avons pas enseignées, n'estant pas encore en âge de les pouvoir bien comprendre ny les apprendre, qui sont la Philisophie, la Medecine, le Droit*

*& la Theologie*, dont l'estude doit preceder celle de la Rhetorique.

1. La premiere lecture de nos Sujets de Critique, ne doit estre que comme un simple divertissement & sans beaucoup d'application bien forte à ce qu'on lit, à la façon des Voiageurs qui logent dans de belles Hostelleries, sans y faire aucunes réflexions, ou de ceux qui courrent la Poste, ou de ceux qui se promennent pour réver.

2. La deuxiéme Lecture doit estre de simple curiosité, soit du costé du Sujet, soit du costé de la Critique, soit enfin du costé de la capacité, pour maintenir le Rectificateur au préjudice du Rectifié, ou le Rectifié au préjudice du Rectificateur.

3. Enfin la troisiéme Lecture doit estre de forte application, & suppose les huit Actes suivans.

1. Il faut lire tout au long le Sujet dont il s'agit, & dont on veut voir la partition, les défauts & la rectification s'il y en a quelqu'une à faire.

2. Il faut bien lire & bien entendre le Fragment où la partie du grand discours critiqué, soit de simple Dicton,

ſoit de Phraſe, ſoit de raiſonnement, dans le deſſein de maintenir l'Auteur, ou de l'abandonner aux Flâmes Camouflet, s'il eſt irregulier.

3. Il faut lire le raiſonement rectificatif ou rectifiant, à fin d'en bien prendre l'eſprit, pour l'entendre & le maintenir comme raiſonnable; ou au contraire pour le condamner.

4. Il faut lire la Rectification avec beaucoup d'application, dans le deſſein de la maintenir comme bonne, ou de la rejetter comme mauvaiſe.

5. Il faut conferer l'expreſſion originale (qui eſt celle de l'Auteur rectifié) avec celle du Rectificateur, afin de donner ſon aprobation à celle des deux qui la merite le mieux.

6. Si le Lecteur n'eſt pas ſatisfait du Rectificateur, il doit rétablir l'Auteur mal rectifié, par des principes communs aux deux parties & receus, & par des raiſonnemens contraires à ceux du Rectificateur,

7. Il doit rectifier le Rectificateur, dans les ſujets & Rectifications dont il s'agit, afin de ne point changer de Scénes, ny de Piece, ny d'Action.

8. Il doit croire que l'Auteur rétably, le Rectificateur rectifié, les Lecteurs instruits & ceux qui en auront la connoissance & qui en profiteront, leur seront tout à fait obligez.

X. Que nous commençons nos Rectifications par les Auteurs Latins, Ciceron, Salluste, & Tite-Live, moins en faveur des Latins, que des François qui veulent oüir parler d'un autre Genie de Langue que celuy de la leur seulement.

XI. Que dans ces Rectifications Latines, nous sçavons si bien nous conduire, par les Expressions & Latines & Françoises, que ceux qui ne sont point Latins en profiteront autant, & pour le Latin & pour le François, que ceux-là mesme qui ont les plus fortes estudes de College; & nous pouvons dire que les simples François y apprendront beaucoup plus de François & de Rhetorique, que dans les autres lectures qu'ils pourroient faire. Ils y verront un mesme Acte ou Fait exprimé en plus de huit ou dix manieres, toutes diverses, mais belles, bonnes & bien tournées, sans parler de plusieurs autres que nous réservons à d'autres usages dans les occasions.

XII. Que nous continuons par une tres-excellente Rectification Françoise de l'un de nos plus éloquens, plus spirituels, plus disers, plus doctes, plus polis & plus ingenieux Seigneurs de la Cour, que nous avons crû devoir preferer, selon le judicieux avis de Monsieur de Vaugelas, qui nous conseille pour bien parler & pour bien écrire, de parler & d'écrire comme on parle à la Cour. C'est la fameuse Relation de la prise de Fribourg, qui fut le grand coup de Massuë, que par les Ordres de nostre invincible Monarque, le Grand Mareschal Monsieur de Crequy, au-delà des Rives du Rhein, donna sur les Reïns de la Tripe-Alliance, qui n'a pas fait bien du depuis; c'est à dire qu'elle n'a plus témoigné de vigueur. Cette fameuse Relation (que nous citons tant de fois, dans cét art de donner le Camouflet ou l'estrapade aux Auteurs négligens; est de huit Pages, & la Rectification que nous luy opposons pour l'instruction publique, est de plus de trois cent Pages. Aprés cela jugez de l'Ouvrage rectifié & de la rectification que nous vous prions & conseillons de lire.

XIII. Que nous employons souvent des Expressions estrangeres, soit Greques, soit Latines, lorsqu'il s'agit des Termes de l'Art; non seulement à cause qu'ils nous manquent en François, & que la pluspart sont naturalisez ou receus ; mais aussi pour obliger ceux qui aiment les Langues, s'estans donné la peine de les apprendre ; comme aussi ceux pui sont bien aises de les employer, ainsi que les Maistres, quand ils parlent de quelque beau trait ; & pour exciter la hardiesse & l'autorité des personnes publiques & capables, qui écrivent & qui parlent avec éclat, à ne point craindre d'en emprunter, en les francisant un peu, ou de les former selon les Formes, soit greques, soit françoises, qui sont receuës (par l'Onomatopée, ou fiction de noms) à la Greque, à la façon d'*Evangeliste Baptiste*) comme sont *Païsagiste*, *Fleuriste*, *Oculiste*, *Iuriste*, *Timpaniste*, *Humaniste*, *Philologiste*, *Legiste*, *Organiste*, *Symphoniste*, *Chimiste*, *Alchimiste*: comme auſſi les noms verbaux ou deſcendans des Verbes, comme ſont, *Timpaniſation*, *Symphoniſation*, *Legaliſation*, & les Verbes (enfin par la *Parومeone*, ou, *Rhematopeé*, & fiction de Verbes) comme ſont *Fleurdeliſer*, *Caſtoriſer*, *Timpaniſer*, *Humaniſer*, *Royaliſer*, *Cardinaliſer*, *Evangeliſer*, *Panegyriſer*, *Eterniſer* & *Legaliſer* (c'eſt à dire autoriſer un acte public, & le rendre autentique, en le reveſtant des ſolemnitez & formalitez de la Loy ou des Ordonnances) plûtoſt que d'employer des termes generaux, paſſe-par-tout, paſſe-vollant, ou ſelles à tous chevaux, ou d'uſer de circonlocution ou trainée de paroles qui ne ſont pas d'uſage à la Table des Auberges de jeunes gens, ny dans le bain des grandes rivieres lors qu'on ſe noye, où il n'y a point de temps à perdre, & où le Laconiſme le plus ſec, le plus ſuccint & le plus court n'eſt toûjours que trop long, ſans meſme en excepter l'*ouy*, & le *non* qu'on abrege à table par un clin-d'œuil, baiſſement de teſte ou hauſſement de bras, quand on verſe à boire, de peur de perdre un coup de dent.

Nous n'usons de cette precaution qu'à cause de je ne sçay quels petits esprits foibles, chagrins ou envieux, par leur impuissance, qui pourroient s'imaginer que nous prenons cette liberté, par un simple motif de vanité badine ou de préciosité ridicule, pour nous eriger en faiseur de Noms, de Verbes & de Phrases, qui ne sont glorieuses qu'à ceux qui ne sont pas capables d'autres choses, & ausquels mesmes les plus grands Orateurs ont de l'obligation, leur fournissant des Termes propres à leur sujet, comme des coëffures à leur teste, des chaussures à leur pied, & des étriers à leur poinct. Ainsi dans nôtre action de l'Orateur parfait, pour luy faire dire beaucoup de choses en peu de paroles, & luy donner beaucoup de preceptes en peu de mots, afin de luy faire faire une bonne, forte, ingénieuse, judicieuse & pathetique morale, & sur tout dans la chaire Chrétienne, nous les conseillons de la faire passer par les cinq manieres verbales suivantes.

| | |
|---|---|
| L'Indicative. | L'Optative. |
| L'Imperative. | La Subjonctive. |

L'Infinitive.

Et par les cinq Especes temporeles.

La Plusque passée. L'Imparfaite passée.

La Passée. La Presente.

La Future ou avenir.

Et lors que nous sommes les plus pressez dans la chaleur d'une Leçon à des Gens du Mestier, nous ne faisons aucune difficulté de preferer le Substantif à l'Adjectif, l'abstrait ou le nom simple au Concret, le denominatif ou nom double, & de dire sans façon,

L'Indicativité. La Subjonctivité.

L'Imperativité. L'Optativité.

L'Infinitivité.

A la maniere de Nativité & de Domesticité qui sont en usage.

Mais lors que les formes sont heureuses, faciles, utiles, commodes, expressives & fecondes.

Lors qu'on parle devant des personnes de respect & qui n'ont pas d'estudes, c'est à dire qui ne sont pas du métier, il faut les prevenir de circonlocution, c'est à dire de plusieures paroles pour une seule, de peur de les effaroucher, & en suite ajoûter le terme propre pour le leur apprendre, afin de les obliger (en leur faisant le plaisir de leur monſtrer) ce qu'ils ne ſçavent pas, & ce qu'ils doivent ſçavoir ) parce que tous ceux qui leur parlent ne ſont pas toûjours d'humeurs à ſe géner de la ſorte, n capable de à leur faire des leçons de telles obſervations qui conſument les premieres années des jeunes gens, & qui leur cauſent ſouvent des avanies, & quelquefois tres-fâcheuſes. Une Precieuſe ( qui par quelque Officier de guerre mais ſans autre eſtude que celle de ſa profeſſion, ſe fait informer des belles actions que ſon Amant a faites à une telle ou telle Ataque ; par ce défaut de connoiſſance des termes d'Architecture militaire) ſouffre de grandes mortifications, quand il luy parle de *Cavalier*, de *Redoute*, de *Glacis*, de *Mantelets*, de *chemin couvert*, de *banquete*, de *Contreſcarpe*, de *galerie*, de *Demie-lune*, de *Caponiere*, de *Baſtion*, de *courtine*, de *fraiſe*, de *parapets*, & de tant d'autres noms qui entrent dans le recit d'un Siege, d'une attaque & d'un aſſaut. Ou une nouvelle Plaideuſe qui parle à ſon Solliciteur, Procureur, Avocat ou Rapporteur, lequel l'entretient d'*Appointement*, de

*Contredits*, de *Salvations* , *de Forclusions* , de *Fins-de-non-recevoir*, *de Relief d'appel*, *d'Arrests interlocutoires*, & d'autres qui luy font des mortifications qui luy sont encore plus fâcheuses , puis qu'il y va de la perte de son bien , qui n'a point de retour ; au lieu que la curieuse Amanre estant belle, jeune & riche , ne manquera pas de Party.

Nous sçavons aussi qu'on traite de Pédans ceux qui parlent de sciences. Mais (sans dire qu'il faut parler comme les Maistres de quelque Profession que ce soit, & dire franchement chez les Orlogers une *Pendule*, sans avoir égard ni à pendu ni à pendar ; il faut dire *peindre en fresc* , sans craindre qu'on plaisante sur *fric* , *frac*, *risc* , *rasc*; il faut dire , une *Bourée*, une *Gavotte*, une *Chacone*, chez les Danseurs. *Prime*, *Seconde* , *Tierce*, *Quarte*, *Passe* , chez les Escrimeurs; *Quinte*, *Quarte*, *Fugue*. *Vnisson* chez les Musiciens , & ainsi des autres Professions , autrement on parleroit mal ) Nous leur disons qu'on ne doit pas traiter de Pédans ceux qui parlent des Sciences de College, que

que lors qu'ils en parlent hautement magiſtralement, imperieuſement, à la maniere des Regens de Claſſes, quand ils diſent : *Ecoutez, ſçachez, apprenez ; je veux vous inſtruire ; vous ne le ſçavez pas ; vons ne ſçavez ce que vous dîtes ; cela n'eſt point, qui vous a appris cela ; vous n'y entendez rien ; vous ne vous y prenez pas bien* ; quoy que dans les termes de leur Art ( qui ſont les meilleurs, eſtans propres ) ils diſent de tres bonnes choſes & faſſent de tres-doctes leçons. Il n'y a que leur maniere qui ſoit pedante, les choſes & les termes ſont incapables de cette ordure, à la maniere de l'or qui n'en ſouffre point.

XIV. Que les jeunes Gens de quelle qualité, eſtat, ou profeſſion qu'ils puiſſent eſtre, dans la vie civile ou privée, doivent s'acquerir toutes les habitudes de la parole, & ſur tout celles de bien dire & de bien écrire, dont nous venons de parler, avec beaucoup plus de ſoin que celles des autres fonctions honneſtes ou de bien-ſeance, comme ſont,

La Gladiature. La Peinture.

La Cavaleriſſe. La Muſique.
Les Méchaniques. La Danſe, &c.

Dont ces deux dernieres font ordinairement leurs principales occupations & conſument leur premiere jeuneſſe ; parce que ces habitudes ( pour ne pas dire amuſemens, à leur égard ) qui ſont moins liberales ou dignes d'un honneſte homme, ne leur ſervent pas long-temps, n'eſtant pas de la belle bienſeence, que des perſonnes qui font quelque figure dans la ſocieté, faſſent vanité de bien chanter, encore moins de bien danſer, aprés leur premiere fleur de jeuneſſe, quoy qu'en ce temps-là, pour la ſanté, aux heures perduës ſeulement, elles doivent faire l'une de leurs paſſions dominantes comme elles font une partie de ſes principaux agrémens ; au lieu que celles de bien dire & de bien écrire, ne durent pas moins que la vie, en quelque paſſe qu'on ſe trouve, ſoit en particulier pour ſoy ou pour ſes amis, ou pour le public, ou en Proſe ou en Vers ; ſoit enfin dans le commerce de la vie active, ſelon la Deviſe de Ceſar ( qu'il affectoit, mais d'une maniere loüable ) ſous ſa figure, qui d'une main tenoit un Livre & de l'autre une Espée.

*Ex Vtroque Cæsar.*

Qu'un ingenieux Latin à la gloire de ce grand Prince exprime de ce cette admirable maniere ;

*Gesta notasse, Opus est ingens ; Gessisse notanda,*
*Majus Opus. Princeps Cæsar Vtrumque facit.*

Qu'en faveur des François, nous croyons devoir rendre ou traduire de cette sorte, & dans l'ordre naturel, sans aucune inversion, à la confusion de la Langue Latine qui s'y donne un peu trop de liberté.

*Achille sçait agir ; Homere sçait ecrire.*
*Iules Cesar sçait seul, & bien faire & bien dire.*

Que s'il y a lieu de faire quelque chose à la Cavaliere ou Cavalierement, comme on parle, c'est à dire à la legere & moins exactement ou regulierement que les Maistres-mesmes, il faut que ce soit dans ces exercices badins, qui ne regardent proprement que le corps, & qu'au lieu de faire une espece de vanité, je veux dire une fausse gloire, de chanter & de danser pour le moins aussi bien que les Maistres, ils devroient affecter, & mesme dans le Bal, fût-il Royal, de faire quelques fausses Cadances, mais judicieuses ou politiques, & quelques fausses diminutions, demitons ou mauvais passages, avec un je ne sçay quel air négligé ou cavalier, afin de faire connoïstre qu'ils tiennent le chant & la danse au dessous d'eux, qu'ils ne dansent & qu'ils ne chantent dans les rencontres que pour donner quelque chose à la passion de l'aimable Sexe, pour lequel les Cavaliers ne sçauroient jamais avoir trop de tendre & trop de complaisance, mais dans de certaines occasions de force majeure, d'obeïssance & de bien-seence, qui par tout ailleurs ne peuvent estre que criminelles, c'est à dire indignes d'un jeune Cavalier, qui doit toûjours apprehender qu'en dansant ou chantant comme les Maistres, on ne le traite de Pedant de Danse & de Musique; ou pour parler moins librement, on ne le prenne pour quelque Maistre d'Opera, de Sale ou de Salette,

& qu'on ne le renvoye au ſage & judicieux reproche que fit le Roy Phillppes à ſon Fils Alexandre, quand il luy dit, qu'il devroit rougir de honte d'avoir ſi bien chanté & dancé, dans une Aſſemblée bourgeoiſe qu'il voulut honorer de ſa preſence, comme ſi ſelon la remarque du Maiſtre de Danſe Orateur & Philoſophe, du Gentil-homme Bourgeois, l'ignorance des pas reglez de la Danſe eſtoit capable de faire faire un mauvais pas à quelque grand Capitaine. Il n'en eſt pas ainſi de la parole & du bien-dire, il faut toûjours mieux parler & mieux dire, s'il ſe peut, que les Maiſtres, c'eſt à dire que ceux qui diſent le mieux, & tâcher de ſe ſurpaſſe les uns les autres. C'eſt ce que le grand Philoſophe Ariſtote repreſenta au Grand Alexandre ſon Eleve, quand il lui dit, à l'exemple du Roy ſon Pere, qu'il devroit mourir de honte de ſurpaſſer les Seigneurs de ſa Cour en équipage & en magnificence, comme auſſi dans tous les exercices du corps, au meſme temps que ces mêmes Seigneurs le ſurpaſſoient dans la Science de bien dire & dans les habitudes de la parole. Ce ſenſible Reproche & ſage conſeil toucherent ſi ſenſiblement ce jeune Prince, qu'il pria ce Grand Philoſophe Orateur de luy enſeigner l'Art de bien dire. C'eſt ce que fit ce Sçavant & judicieux Precepteur, & que nous voyons encore aujourd'huy ſous le Titre de *Rhetorique pour le Grand Alexandre.* La Rhetorique eſt un propre, & nay & naiſſant de l'Homme en commun, mais un tres-propre de l'Homme en ſingulier, lors qu'il y ſurpaſſe les autres ; à l'exemple de Virgile dans ſon Eneïde, qui eſt plus élevé que Virgile dans ſes Bergeries ou Paſtorales, & de Ciceron dans ſes Harangues, qui ſurpaſſe Ciceron dans ſes Offices. Ceux qui chantent ou qui danſent juſqu'à l'admiration, devroient remarquer qu'ils ne danſent ou ne chantent que les Airs ou les Chanſons, & que les Pas, les Gavotes ou les Courantes des Maiſtres, & qu'à n'en point mentir, ils ne ſont que leurs ſinges dans l'un & leurs Echos dans l'autre, & que pour parler moins librement & ſans figure, ils ne ſont pour le plus que d'infatigables & tres-commodes copiſtes, qui ſe font une gloire de la gloire des autres.

Ils ſont comme des Chantres, mais honneſtes & non mercenaires & des Danſeurs que le Maiſtres tiennent à gages d'honneur pour leur acquerir de la reputation, & leur faire avoir des Eleves, & peut-eſtre autres choſes; à l'exception de ceux qui eſtant Nobles en vertu de leurs Patentes, enſeignent liberalement. Ce qui nous ſemble encore de plus remarquable dans ces vains & penibles exercices (que la pluſpart ne voudroient quitter qu'àvec la vie) & qui mortifiroit extrémement les jeunes Gens, s'ils y faiſoient quelque ſerieuſe Réflexion, c'eſt qu'ils ont ordinairement pour Rivaux ou pour Competiteurs & de l'Honneur & du prix du Chant & de la Danſe ſur tout, des enfans de ſix à ſept ans qui en triomphent le plus ſouvent. Il n'en eſt pas ainſi de la Parole ny de l'Art de bien dire & de bien écrire, ce ſont des Habitudes qui ne ſont pas pour tout le monde, ſelon la remarque du Poëte *Pauci ſunt quos æquus amavit Iupiter*. Ce ſont des Habitudes que nous n'acquerons toûjours que tropt tard, & que nous ne quittons que trop toſt,

ĩ iiij

pour obeïr aux Loix immuables de la Fatalité commune à toute la Nature. Il est encore à remarquer qu'on ayt veu & entendu quelque Cavalier, soit Orateur soit Auteur declaré, qui ait affecté impunément de réciter & de se servir, en Compagnie, des Complimens & des Conversations qui se lisent dans nos Romans; ou des Sonnets, des Epigrammes & des Madrigaux, qui ne sont pas de leur invention, mais qui se trouvent dans les Livres; & qui se soit servi des Lettres ou de Balzac ou de Voiture, sans honte & sans reproche. S'il faut beaucoup de prudence dans l'usage du Chant & de la Danse, pour ne pas danser lors qu'il faut marcher, ou ne pas marcher, à la façon des Almans nouveaux venus en France, lors qu'il faut danser, & ne pas danser une Gavotte lors qu'il faut courir; ou pour ne pas former à la Dance des Demoiselles de Village, par des Sarabandes, Meniiets ou Bourées, pour premiere leçon, & par les Courantes les plus figurées de Monsieur de Beauchamp, des Airs, de S. André, &c. à moins de les désesperer & de se rendre ridicules;

ou de pretendre leur former la voix par les plus grands Airs de Monsieur Lully, Lambert & ainsi des autres; mais plûtost par les plus simples & les plus faciles qui disposent aux plus grāds aux redoubles, aux passages & aux Diminutions. Demême, dans l'usage de la parole & du bien-dire, il faut avoir égard aux diverses manieres dont il faut user. Le Stile simple, uny & sans façon dans l'entretien ou conversation familiaire & sans passion (au contraire du teste à teste passionné) comme sont les simples Dialogues du Commerce ordinaire. Le Stile un peu travaillé, enrichi & façonné pour les Récits & pour l'Histoire, & le Stile sublime, tourné, heroïque, façonné & periodique dans les Remonstrances, dans les Eloges & dans les Harangues; ou dans le composé des trois, lors que les occasions, les sujets & les personnes le demandent. C'est dans le succez de ces grandes Pieces Pathetiques & de ces pompeuses Actions publiques que nos Demosthenes & nos Cicerons, de mesme que nos Thucidides, nos Catons & nos Cesars, nageroient dans la joye, & que mesme ils y expireroient avec honneur, s'il estoit possible qu'ils pûssent jamais estre contens d'eux-mesmes. C'est enfin de ces grands usages de la Parole, & de ces divines habitudes de bien dire & de bien écrire, que les grands Hommes auroient sujet de se faire une loüable vanité, s'ils estoient tant-soit-peu sensibles aux atteintes de cette legere passion, & s'ils ne s'étoient point couvers des rampars de la plus severe modestie, dont ils ignoroient les grands avantages dans les emportemens de la premiere jeunesse. Qu'on est heureux lors qu'on s'en défait de bon-heure, pour s'appliquer serieusement à l'acquisition de ces loüables Habitudes, qui sont mille & mille fois plus glorieuses, plus satisfaisantes, plus utiles & plus constantes, & principalement dans l'age de retour, où l'on se voit privé de la societé de ses premiers Amis qui ne sont plus ; volontairement dépoüillé des emplois ou civils, ou politiques & domestiques mesme, par la disposition de la pluspart de ses biens en faveur de ses plus proches, pour vivre tout à soy, & qu'en un mot on n'a plus que soy-mesme pour compagnie.

C'est dans cét estat Philosophique public & solitaire tout ensemble (qu'en se deffendant le plus que l'on peut des visites de ces sortes de Personnes vivantes-mortes, qui ne visitent que pour visiter & dont les visites seulement respectueuses sont souvent infructueuses & toûjours onereuses) on a besoint de cette forte Habitude ou Possession, & de la Philosophie pour les choses qu'elle fait connoistre & de l'Art de bien lire & de bien estudier, comme aussi l'Art de bien dire ou pour le mieux, de bien écrire pour les bien communiquer. C'est là, pour le dire encore une fois, que tenant bonne & fidele compagnie à ces Sages de retraite Philosophique, avec les Morts vivans, qui dans le sein du Monde sont hors du Monde, ils trouvent de charmantes douceurs dans leur aimable, mais sçavante & chere solitude, & qui selon la judicieuse remarque de l'Orateur Romain, fait le vrais plaisir & la principale occupation du Sage Solitaire au milieu de ses Morts vivans, je veux dire ses

Livres, & de ses sçavans Amis, s'il est assez heureux pour en avoir encore qui soient échapez à la mort naturele.

Enfin pour finir cet Article, nous disons aux jeunes Gens, que les Tablatures, les Operations, les Ouvrages, les Discours ou ses Actes de l'Eloquence parfaite, pour le moins, ne le doivent point ceder à celles de l'Arithmetique (dont les Démonstrations sont si puissantes) à celles de la Geometrie (dont les Proportions sont si justes) à celles de la Musique (dont les transports sont si touchans, les adoucissemens si tendres & les cadances ou les chutes si charm nt s; à celles de la Grāmaire (dont les simples Dictiōs ou Phrases sont si pures, & les Constructions ou allianc s de termes si nettes, si reguliaires & si nombreuses, Rithmetique ou harmonieuses) & enfin à celles de la Danse (dont les figures sont si belles, si ingenieuses, si enjoüées, si agreables & si divertissantes) dans lesquelles Operations de l'Eloquence [ainsi qu'en celles de ces autres Disciplines] rien ne se fait, rien ne s'employe, rien ne s'arange, rien ne se tourne, rien ne s'amplifie, rien ne s'enrichit, rien ne s'embellit, rien ne s'exemplifie, rien ne s'economise, & rien enfin ne s'anime, sans aveu, sans principe, sans raison, sans fondement & sans démonstration, ou raison de composition à ceux qui la cherchent & qui la demandent. Toutes lesquelles executions doivent se faire, à la faveur de la Boussole oratoire, qui force l'Orateur ou l'Auteur, à se tourner incessamment vers le Pole ou l'Etoille de son seul Nort, c'est à dire vers le but qu'il se propose ; ou (pour parler sans figure simplement & proprement) le Lecteur ou l'Auditeur qu'il doit instruire, qu'il doit convaincre ou toucher & persuader ; que la Méchanique nous enseigne admirablement bien par sa Balance, par sa Toise & par ses Ietons, qui sont les trois seuls fondemens de nos Connoissances les plus assurées (humainement parlant) dont les Orateurs & les Auteurs tirent de tres-grands avantages, & que nous appellons les Organes ou les Instrumens oratoires ; & que pour cet effet, nous avons fait graver aux pieds du Sylvain de nostre Planche ou Stempe du

Camouflet, qui ſont,

Le Compas. Les Jetons.

La Balance.

Et dont l'ame s'exprime de cete maniere,

*Les Poids, le nombre & la Meſure,*
*Sont Pierres à toucher, qui frondent l'Impoſture.*

XV. Que cette Critique des Proſateurs negligens, a pour ſon premier & principal exemple de ſujet ſimple, ou recit, la Relation de la Priſe de la Ville & Citadelle de Fribourg, en Briſgau, dernier Chef-d'œuvre de la Plume de l'un des plus beaux Eſprits de la Cour, & fort ſouvent citée dans cette Critique ſous le nom de Camouflet. En ſuite un beau Paſſage de Ciceron, qui ſe voit à la page 23. & la Harangue du Roy Micypſa au Prince Jugurtha (tirée de Salluſte) page 110. Qui ſera ſuivie de celle de F. Camille priſe en T. Live, mais pour le troiſiéme Volume; comme auſſi (pour les Verſificateurs) de l'admirable Sonnet de M. de Malherbe, où cét excellent Poëte fait la Deſcription de Fontainebleau, pour faire celle du parfait Amour de l'Amant de Caliſte. Dans lequel Ouvrage le Lecteur verra, avec plaisit, par la Partition & Rectification que Nous en ferons ( si Nous apprenons que le Public Orateur y trouve du profit ) ce qu'il y a de plus magnifique dans la Versification. Lesquels Sujets de Critique composée nous donnons par avance dans cette Preface, non seulement pour inviter, mais aussi pour inciter les Critistes à les mettre en Partition & Rectification, afin qu'ils puissent conferer leurs Critiques avec celles que Nous en avons faites, & que Nous leur donnerons au premier jour. Le Public Auteur & Orateur en doit solliciter la Publication, elles seront tres-utiles & tres-divertissantes. Les voicy.

## SONNET.

*Baux & grands Bâtimens d'eternele Stucture,*
*Superbes de Matiere & d'Ouvrages divers,*
*Où le plus digne Roy qui soit en l'Univers*
*Aux Miracles de l'Art fait ceder la Nature.*
*Beau Parc & beaux Iardins qui dans vostre Closture,*
*Avez tañjours des Fleurs & des ombrages vers,*
*Non sans quelque Demon qui deffend aux Hyvers*
*D'en effacer jamais l'agreable Peinture.*
*Lieux qui donnez au Cœur tant d'aimables Desirs,*
*Bois, Fontaines, Canaux, si parmy vos Plaisirs*

*Mon Humeur est chagrine & mon visage est triste ;*
*Ce n'est point qu'en effet Vous n'ayez des Appas,*
*Mais quoy que Vous ayez, Vous n'avez point Caliste,*
*Et Moy je ne voy rien quand je ne la voy pas.*

Lequel petit Poëme ( d'étenduë ) en Partition, Dénomination & Rectification, fera plus de quinze feüilles d'Impression ( & peut-estre autant que vous en voyez dans ce present Volume du Camouflet des Prosateurs negligens) mais sans donner la moindre atteinte au Dessein, aux Pensées, à l'Ordonnance, à la Symmetrie, aux Mouvemens, aux Figures, à la Pensée, à la Magnificence, au Feu, au Rythme ou Bienseance verbale, arangement oû Tour de la Phrase Poëtique non plus qu'à la longueur des Vers, & moins encore aux Rimes ou Consonances, afin de ne pas changer cét excellent Ouvrage. Nous sommes si persuadez de l'utilité, du profit, du plaisir & du divertissement qui reviendra au Public Lecteur de cette Critique rectifiante raisonnée de l'Admirable Sonnet de cét excellent Auteur, que le Public

Orateur la pourroit prendre pour un Chef-d'œuvre de Critique de Versification poëtique en rectification, si nous estions capables d'en faire quelqu'un en sa faveur qui pût meriter cét Eloge.

Cette Critique de la Versification du Sonnet de M. de Malherbe, sera suivie de celle de la XVI. Stance du mesme Auteur, qui (selon le rapport qu'en fait le sçavant & judicieux M. Pellisson Fontanelle, dans son Histoire de l'Academie Françoise) fit la surprise, l'estonnement, l'admiration & l'estime de cette celebre Compagnie, & dans laquelle (au contraire des autres Stances de ce mesme Poëme, sous le nom de Priere pour le Roy, du mesme Auteur) ils ne voulurent trouver aucune Rectification à faire; l'un de ces Messieurs qui s'y trouverent pour lors, dit seulement, qu'il voudroit l'avoir faite. Eloge digne de luy & du grand Auteur, qu'il loüoit de si bonne grace. La voicy.

*Quand un Roy feneant, la Vergogne des Princes,*
*Laissant à ses Flateurs, le soin de Provinces;*

*Entre les Voluptez indignement s'endort,*
*Quoy que l'on dissimule, on n'en fait point d'Estime,*
*Et (si la verité se peut dire sans crime)*
*C'est aveque plaisir qu'on survit à sa mort.*

Cette Critique sera suivie de celle de la pluspart des plus beaux endroits de la Pharsale, traduite pat l'illustre M. de Brebeuf; comme aussi de quelque Vers de l'Incomparable M. des Preaux Boileau, dont en voicy deux par avance, tirez de son ingenieux Lutrain, Livre deuxiéme.

Le premier.

*Cependant cét Oyseau, qui prône des merveilles;*
*Ce Monstre composé de bouches & d'aureilles,*
*Que sans cesse volant de Climas en Climas,*
*Dit par tout ce qu'il sçait, & ce qu'il ne sçait pas.*
*La Renommée enfin d'une course legere,*
*Va porter la terreur au sein de l'Horlogere, &c.*

Le deuxiéme; mesme Livre.

. . . . . *La Mollesse opresée,*
*Dans sa bouche à ces mots sent sa langue glacée,*
*Et lassé de parler, succombant à l'effort,*
*Soûpire, étend les bras, ferme l'œil & s'endort.*

Nous pourrons finir par la Partition en Rectification du dernier Chef-d'œuvre de nostre Grand & Fameux M. de Corneille le Tragique l'aisné. P. C. [ le digne Doyen du Parnasse François ] l'Epithalame de Monseigneur le Dauphin. Laquelle Partition en Rectification, le Public Versificateur doit souhaiter comme tres-utile & tres-divertissante. Il commence ainsi, mais Corneilleusement, c'est à dire heroiquement, magnifiquement, majestueusement, tres-pathetiquement, &c.

*Prince, l'Apuy des Lys, & l'Amour de la France;*
*Toy, dont au Berceau mesme elle admira l'Enfance.*
*Et pour qui tous nos Vœux s'efforçoient d'obtenir*
*Du Souverain des Roys un si bel avenir.*
*Aujourd'huy qu'elle voit tes Vertus éclatantes,*
*Répondre à nos souhaits & passer nos attentes,*
*Quel supplice pour moy que l'âge a tout usé,*
*De n'avoir à t'offrir qu'un esprit épuisé?*
*D'autres y suppléront, & tout nostre Parnasse,*
*Va s'animer pour Toy de ce que j'eu d'audace, &c.*

Si cette maniere d'écrire pour instruire les Muses naissantes & divertir spirituellement & utilement le Public Lecteur Versificateur, en est aussi bien receuë que Nous le souhaitons, & pour Luy & pour Nous; Nous Luy donnerons en pareille Partition & Dénomination, tous les Actes de la Poësie oratoire versifiée, qui régnent dans cette inimitable Poëme, l'Ornement de la Versification françoise élegiaque ou lugubre; *Les yeux de Philis changez en Astres*, dont le commencement se voit aux pages 55. 56. 57. & 58. de ce Camouflet. Dans laquelle Partition, les Muses naissantes apprendront plus de bon Sens ou de Logique; plus de Pureté ou de Grammaire; plus de Varieté ou de Dialectique, plus de Poësie ou de Fiction; plus de Rhetorique, d'Ordonnance ou d'Ornemens, & plus enfin d'Ethique ou de Morale, qu'ils ne feroient dans la simple Lecture de mille & mille Poëmes, sans l'artifice ou le secours de la Partition ou de la Décomposition, selon la sçavante remarque de Cicerou, citée dans cette Preface, page 4. *Multa vident Pictores in Vmbris & in Eminentia quæ non Vdemus.* Pour dire à la Françoise, par application à nostre Sujet. Les Critistes (pour dire *Criticiens*, à la façon des *Plato-*

*nistes*, ou, *Platoniciens*, *Academistes*, *Academiciens* ) découvrent dans les moindres ou moins beaux Endrois de la Prose & de la Versification poëtique, les Chefs-d'œuvres de l'Eloquence de nos plus excellens Auteurs, des Finesses, des Graces ; des Beautez ; des Adresses; des Detours & des Delicatesses, que le vulgaire, quelque spirituel qu'il puisse estre, n'y peut apercevoir; & ce par le seul defaut des vives Lumieres de la Critique ; & mesme la plusspart de nos Auteurs qui n'agissent que par saillie & sans faire aucune réflexion sur les Pensées & sur les Mouvemens que l'Enthousiasme leur fournit au moment de la Composition.

XVI. Que Nous nous faisons une gloire de loüer autant que Nous le pouvons les Actes & les Traits de l'Art oratoire, qui Nous semblent achevez, & que Nous estimons pouvoir & devoir servir d'exemple aux jeunes Auteurs; ainsi que Nous le ferons voir dans la Critique du Sonnet sur Fontainebleau, & sur tout dans ces deux Vers (qui n'y sont les moins estimez du Public, qu'à cause, sans doute, qu'il ne les y sçait pas bien connoistre ] mais fort diversement, comme de different merite.

*Ce n'est point qu'en effet vous n'ayez des Apas.*

A cause de ses quatre grandes Mesures, de trois Syllabes ou petites Mesures, chacune, legeres & dures, qui marquent heureusement & fortement à Fontainebleau [ c'est à dire à toute la Cour d'alors ] une Passion obligente, tendre & glorieuse à l'aimable Caliste, de mesme que cét autre de douze Monosyllabes qu'on n'y sçauroit assez admirer.

*Et moy je ne voy rien quand je ne la voy pas.*

XVII. Que tous les Interessez dans les Dilicatesses & les avantages de la Lecture du Cabinet & de la Composition, y trouveront & leur compte & leur goût, puisque Nous pouvons dire de cette Critiqne ou de ces Partitions, & de la maniere de les faire, ce que les Physiciens disent de la commodité de la Mer, lors qu'ils assûrent qu'elle est assez étenduë & profonde, pour les mouuemens & pour les usages ou commoditez de toute sorte de Poissons, les plus petits, les moindres & les plus grands ; ou pour mieux dire dans la pensée des Politiques, qu'elle est assez large, assez profonde & assez riche pour toute sorte de Negocians, les moins riches, les riches & les plus oppulans. Que de mesme dans cette maniere d'étudier, de bien lire, de critiquer, ou de composer, de se divertir ou profiter, par les vives lumieres de la Critique, ils trouveront dans ce systheme ou Reciieil de Principes de la Critique, toute sorte de goûst, à la façon de la Manne des Israëlites dans le Desert de Moïse.

1. Les Grammairiens y trouveront la diversité des simples Dictions, & la netteté des Phrases, & en mesme temps la Regularité de l'alliance, construction ou sintaxe, avec l'exactitude ou la politesse des simples Phrases ou des composées que l'on nomme Periodes, ou de deux ou de trois, ou de quatre membres, ou de plus; d'où viennent les Sentences, les Distiques, les Tersets, les Quadrius, les Sisans, &c.

2. Les Logiciens y découvriront la maniere de bien penser, de bien dire

& de bien raisonuer, jusques à la reduction d'une pensée au premier Principe de connoissance.

3. Les Dialecticiens y peuvent appercevoir des ombres de balancement, d'irresolution ou d'inquietude des Passions qui se trouvent dans les Piéces que l'on démonte ou que l'on décompose.

4. La Pœtique dans la Prose, triomphe par ses Metaphores, soit simples, soit estenduës, qui font les Allegories, & dans la Versificatton par la conduite de la fiction ou de la vraysemblance.

5. La Rhetorique y fait montre de la beauté de ses Ordonnances, œconomies ou judicieuses dispositions, en veuë d'un riche sujet; d'une disposition heureuse; de motifs puissans; de Sentences graves; de raisonnemens solides; de justes expressions; de Figures hardies; de Transitions delicates; d'Insinuations adroites; d'Expositions exactes, judicieuses & claires; de Pretentions fortes; d'objections vives & surprenantes; de Réponses convaincantes, & de Mouvemens judicieux, de Conclusions

conclusions pathetiques soustenuës d'une action naturelle, aisée, parlante & conforme au sujet. Enfin ils y verront toutes les autres Disciplines de la Cyclopedie, le Cercle des Sciences ou Professions civiles qui sont comprises dans ces quatre idées generales.

| | |
|---|---|
| La Faculté, | La Prudence, |
| La Science, | L'Art. |

Qui en contiennent rrois chacune.

| *Faculté.* | *Prudence.* |
|---|---|
| La Theologie, | La Politique, |
| La Iurisprudence, | L'Economique. |
| La Medecine, | La Morale. |
| *Science.* | *Art.* |
| La Metaphysique, | L'Art liberal, |
| La Physique, | L'Art mixte, |
| La Mathematique, | l'Art mécanique |

Lesquelles douze Disciplines sont d'un merveilleux secours aux Critistes, & principalement dans l'acte de l'*impromptu*, pourveû qu'elles soient jointes aux termes de l'Art Oratoire, elles mettent une Personne en estat, sans preparation, de faire de curieuses, hardies & sçavãtes Critiques, & de parler d'une piece Oratoire, soit en prose soit en vers, comme les Curieux Statuaires parlent des Statuës; les Medalliſtes, de Medalles; les Ecuyers, de Chevaux; les Fleuriſtes, de Fleurs, &c. comme les Maiſtres meſmes à peu prés de la maniere qui ſuit.

## ELOGE DE LA PEINTVRE PAYSAGISTE.

*PEINTRE dont le rare ſçavoir*
*Charme tous ceux qui viennent voir*
*Vos admirables Paiſages,*
*Ie ne trouve rien de plus doux*
*Que de vous rendre les hommages*
*Qu'on doit aux Sçavans comme vous,*

*Si je puis avec liberté*
*Vous declarer la verité*
*Sur le ſujet de la Peinture;*
*Ie dis que vous ſçavez tout net*
*L'Art de renfermer la Nature*
*Dedans le coin d'un cabinet.*

*On voit naiſtre ſous voſtre main*
*Une montagne, un grand chemin,*
*Le Ciel & l'Air, la Terre & l'Onde,*
*Et par un miracle nouveau,*
*Vous produiſez un autre Monde*
*Par le bout de voſtre pinceau.*

C'eſt à tort qu'on fait tant de cas
Des forces d'Hercule & d'Atlas,
Et de ces Foudres de la Guerre,
Puiſque vous ſçavez le ſecret
D'appuyer le Ciel & la Terre
Deſſus un ſimple chevalet.

Le Ciel n'a plus de mouvement,
Et l'air ce ſubtil Element
Ne fait aucune reſiſtance:
Phebus ne s'eſt pas remué,
Ayant la meſme complaiſance
Pour vous qu'il eût pour Ioſué.

Vos nuages n'ont rien d'impeur,
Et iamais aucune vapeur
Ne ſort de l'Element liquide:
Iamais les fraicheurs du matin
Ne rendent cette chambre humide,
Et l'on n'y prend point le ſerain.

La Mer n'a rien de perilleux,
Et cét Element orgueilleux
Ne fait point de Nautonnier triſte:
Vous ſçavez d'un coup de pinceau
Fixer comme un ſçavant Chimiſte
La volubilité de l'eau.

# PREFACE.

Le beau bleu de vostre lointain,
Touché d'une sçavante main,
S'éloigne d'une telle sorte,
Qu'on iureroit en un besoin,
Que le pays dont on l'aporte
Ne semble pas estre si loin.

I'ay de la peine à conceVoir
Comment vous avez le pouvoir
De mettre icy tant de montagnes:
Et cela choque ma raison,
De voir de si vastes campagnes
Dedans l'enclos d'une maison.

Les Nauires sont arrestez,
Et le Vent de tous les costez
En Vain souffle dans leurs Antennes,
Iamais dans le milieu des eaux
Le Remora ny les Syrennes
N'arresterent mieux les Vaisseaux

Ces Rochers qui touchent aux airs
Laissent choir parmy leurs desers
Une eau qui iamais ne s'épuise,
Et Vostre admirable Pinceau
Est cette verge dont Moïse
Frappa pour produire un ruisseau.

Vous faites un ioly détail
Du gros & du menu bétail,
Qui prend icy sa nouriture:
Prés de cét aimable ruisseau

*Les moutons paissent a mesure*
*Que l'herbe croist sous le pinceau.*
*Pendant que dessous cét ormeau*
*Tircis avec son chalumeau*
*Entonne une amoureuse plainte:*
*On voit ces agneaux tout à coup,*
*Quittant leur naturelle crainte*
*Danser à la barbe du Loup.*

*Melise écoutant ce Berger,*
*On voit son visage changer,*
*Tandis qu'elle tient le silence:*
*Ses beaux yeux n'ont plus de rigueur,*
*Et l'on iuge à sa contenance.*
*Que cét air luy touche le cœur.*

*Ces fiers animaux ont quitté*
*Leur naturele cruauté:*
*Ils n'ont plus cette humeur sauvage:*
*Vous sçavez en perfection*
*Leur donner comme au Païsage*
*Une tres-parfaite union.*
*Enfin ce temps clair & serain*
*Est un remede souverain*
*Pour guerir les Paralytiques:*
*Et vous dissipez les ennuis*
*De ces pauvres mélancoliques*
*En leur faisant voir le pays.*

Et ainsi des autres trais ou de Peinture ou de la Ciselure, dont les moindres Partisans font gloire de parler aussi sçavamment que les Peintres mesmes & les Statuaires, sans craindre qu'usans des Termes de l'Art, on les traite de Pédans ou de Maistres d'Ateliers & de Chevalets ; qu'au contraire on les en loüe avec justice. Et ainsi, à leur exemple les Partisans Orateurs ) ou ceux qui se font une gloire & une honneste vanité de connoistre & de parler en termes oratoires d'une excellente piece d'Eloquence & qui ont de l'estime pour ceux qui en parlent comme eux ) doivent avoir de la reconnoissance pour ceux, qui de vive voix ou par écrit, leur en découvrent les Mysteres, pour les rendre capables ( par les lumieres de la Critique, en leur faisant venir de l'esprit & des pensées afin d'encherir les uns sur les autres ) d'appeller ou de nommer, avec autant de facilité que les Maistres, tous les Trais, tous les Actes, toutes les Richesses, tous les Ornemens & toutes les Figures d'une excellente Piece Oratoire ou d'Autheur ou d'Orateur, soit Prosateur soit Versificateur, d'encherir sur tous & de dire à leur loüange, à l'avantage des Muses naissantes, d'une toute autre maniere que Nous l'avons dit au commencement de cette Preface de la part du Public Orateur au Lecteur Critique.

*Vous avez sceu me plaire,*
*Ingenieux Sçavant & Critique Lecteur,*
*Bien mieux que cét autheur,*
*Vous m'avez enseigné le secret de mieux faire.*

## *Errata de la Preface*

Premiere page de la preface, ligne 10. *Lisez* Nosti. Et lig. 13. *Lisez* Critiques.
page 6. lig. 20. *Lisez* Vertical.
page 10. lig. 13. *Lisez* celle-cy.
page 11. lig. 12. *Lisez* Disciplines.
page 23. lig. penult. *Lisez* augustes.
page 35. lig. derniere *Lisez* Diction.
page 36. ligne 4. *Lisez* du Camouflet.
page 43. lig. 4. *Lisez* d'humeur à se.
& ligne 5. *Lisez* de leur faire des.
p. 47. l. 18. écrire. p. 55. l. 19. Philoso. p. 56. l. 20. Rhetorique. p. 58. l. 5. le poids. p. 60. l. 18. Grace. p. 62. l. 24 lasse. p. 64. l. 25. *videamus*. p. 23. l. 25 quatrains, sisains.

# CATALOGUE

*Des Livres de l'Art Oratoire ou d'Eloquence imprimez, qui se debitent à l'Academie des Philosophes Orateurs Place Dauphine à la Renommée.*

LES Conferences Academiques ; c'està dire Questions utiles & divertissantes traitées agreablement, & *pour & contre*, sous le nom de *Problemes*, avec leur decision. L'Art de bien dire. Les Rhetoriques des Predicateurs & des Avocats. L'Art de faire une ample, forte, judicieuse & populaire Morale en chaire & dans le fauteüil. L'Art de discourir par *impromptu*. L'Art de déguiser une Lettre un Sermon ou autre discours. L'Art de critiquer & de rectifier un discours. Critique de 300. pag. d'un Ouvrage de 12. pages. L'Art de lire les Autheurs & de faire des collections. L'Art de faire toutes sortes de Lettres missives. Plus de 400. Questions ou Remarques nouvelles sur la Langue Françoise, qui vont plus loin que celles de M. de Vaugelas, du R.P.P. Bouhours & de M. Menage. La Rhetorique du bon sens ou de ceux qui n'ont point étudié au College ne se donne que manuscrite.

# TABLE

## D'UN GRAND NOMBRE

de tres-beaux Principes de la Langue Françoise, nouvellement découverts & tres-bien établis, avec plus de quatre cent nouvelles Remarques, agreables, curieuses & tres-utiles, pour sa pureté, élegance & delicatesse, qui vont bien plus loin que celles de l'illustre M. de Vaugelas, de M. Ménage, & du R. P. Boure, disposées par ordre alphabetique; sans parler de plusieurs autres observations de grande importance sur les Sciences, la Politique, la Rhetorique, la Poëtique, la Critique, sur la Phrase, la Periode, son tour, &c.

*Sur la Relation de la Prise de Fribourg, dont les Exemplaires se distribuent à l'Academie des Orateurs.*

## A.

LA maniere de bien faire un *Abregé* d'Histoire ou de Recit, racourci ou mignature, que le vulgaire nomme

Titre ou Intitulation, precis ou Argument, But ou Visée, Dessein. page 6. ligne 1. & suivantes.

Du bon & du mauvais usage ou emploi, & méme de la reprise ou repetition des *Articles* ou petites Particules, qui font si souvant la Grace, la Douceur, l'Agrément, & la Delicatesse de la Langue, soit pour les Dictions ou Paroles, soit pour les Phrases, & qui souvent est vtile, necessaire, & indispensable, & souvent odieuse & nuisible, inutile & desagreable. p. 11. l. 1. &c.

L'excez ou trop grand nombre d'*Articles* dans les Phrases ou Sentences n'est pas moins odieux, nuisible & desagreable, que celui des monosyllabes. p. 12. l. 13.

La maniere de bien faire des *Articles*, Sections, Stances, ou Strophes, que l'Imprimerie nomme *Alinea*, & les Iurisconsultes Paragraphes ou principales ponctuations, qui marquent les differentes parties d'une Piece Oratoire, & qui en font l'air, la grace & le mouvement, à la maniere du corps humain, qui sont d'un grand secours à l'attention de l'Auditeur ou du Lecteur, non moins qu'à son intelligence ; comme aussi à la memoire de celui qui prononce, & dont la Critique officieuse fait ses plus agreables delices. p. 14. l. 20. &c. p. 74. l. 7.

De l'utilité des *Articles* ou Partitions dans le discours, & de la maniere de s'en servir. p. 15. l. 5.

De l'*Ablatif* absolu François, Phrases, Sentences ou Indicatives détachées & sans regime, & de leurs Formules ; qui sont si propres pour faire des Periodes quarées, qui font la magnificence de l'Eloquence sublime tant en Prose qu'en Vers p. 17. l. 30. & p. 18. l. 13.

Des bons & des mauvais usages du deplacement du *Genitif*, du *Datif*, & de l'*Acusatif*, c'est-à-dire de leur separation ou detachement de leur rime, soit le nom, soit le verbe, quand & comment il faut s'en servir pour l'élegance de la Phrase françoise, dont elle fait l'une de ses plus grandes delicatesses. p. 22. l. 4. &c.

Des *Apanaages*, ou proprietez de

l'Eloquence demonsttative, magnifique & pompeuse. p. 26. l. 26.

De la difference de *Vigilance* & d'*Activité*. p. 32. l. 36.

De la bonne & de la mauvaise *Apropriation* ou *Assortiment* qui se fait par les Adjectifs, les Verbes & les Adverbes. *Observation* de la derniere importance, delicate, curieuse, utile & politique. p. 33. l. 22. p. 119. l. 23. & p. 151. l. 26.

De l'Energie & du grand service des *Adjectifs*, soit de nombre, soit d'étenduë. Observation fort delicate, ou Precepte des plus utiles. p. 33. l. 32.

Fausse *Appropriation d'Ajectifs*. Obseruation admirable & delicate. p. 34 l. 24.

Du bon & du mauvais usage de l'Adverbe, *Apres que*, qui suppose toûjours la fin d'un denombrement & qui ne doit jamais estre sans, *enfin*, le *denique* des Latins; il se met toûjours à le tête d'un Abregé ou Recapitulation, & souvent suivi de l'*& cætera* à la Françoise, *& plusieurs autres*, ou ainsi, *& cent autres*. Mais ces Recapitulations doivent estre en stile Laconique ou succint p. 36. l. 3. &c.

La maniere de faire des *Abregez* Oratoires, dans les grands sujets, qui se doivent faire par les deux Adjectifs de grandeur, le nombre & l'étenduë avec un Adjectif d'Eloge ou d'encens. Precepte de la derniere consequence, & pour le Sujet, & pour le Lecteur, & pour l'Auditeur, & sur tout pour l'Autheur. p. 37. l. 12.

De la bonne & de la mauvaise place des *Adjectifs*. Avis tres-necessaire. p. 37. l. 18.

De la difference d'*Abandonner* & de *Laisser*, de leur bon & de leur mauvais usage. p. 39. l. 15.

Des diverses significations du Verbe, *Abandonner*. Observation subtile, importante & delicate. p. 48. l. 24.

De la necessité des *Adjectifs*. p. 50. l. 31. p. 51. l. 11. &c.

Du bon & du mauvais usage des *Adjectifs*, ou modifications des Substantifs. p. 51. l. 12.

De l'Energie des *Adjectifs* & des *Participes* choisis ou specifiques. Observation sans prix. p. 52. l. 11. &c. p. 115. l. 34.

Du bon & du mauvais uſage de la Prepoſition *Avec*. p. 81. l. 32. p. 139. l. 36. p. 153. l. 22. p. 211. l. 1.

Les *Adjectifs* propres & Specifiques ſont preferables aux autres, à moins d'une belle force majeure, p. 82. l. 7.

De la grace que le Subſtantif reçoit de ſon *Adjectif* bien placé. p. 101. l. 15.

Du bon & du mauvais uſage de l'*Article* ou particule *aux*, qui eſt ſi different de *a*, comme *aux deſſeins*, *à des deſſeins*. Obſervation utile, ſçavante & curieuſe p. 96. l. 8.

Du pernicieux uſage d'un *Adverbe* mal placé, qui change le ſens & rend l'Auteur ridicule, & qui dans la Politique fait une tres-mauvaiſe affaire, & même criminelle. Obſervation de la derniere conſequence. p. 102. l. 10.

L'*Activité* dans un recit doit répondre à l'*Activité* du principal Agent du Fait ou de l'Action dont il s'agit, ſans laquelle le Portrait ou l'expreſſion du fait ne le repreſante qu'imparfaitement. p. 106. l. 25.

De l'*Apropriation* ou *Aſſortiment*, ſoit d'*Adjectifs*, ſoit de *Verbes*, ſoit

L'*Accuſatif* ne doit point eſtre ſéparé ou détaché de ſon Verbe ſans une indiſpenſable neceſſité, mais raiſonnable. p. 126. l. 1.

Exemple de la neceſſité de l'*Apropriation* des Adjoints, les *Adjectifs*, les *Verbes* & les *Adverbes*, pour parler juſte, & qui ſont comme les gens ou domeſtiques d'un Subſtantif, qui le ſervent & qui luy font honneur. p. 132. l. 3.

Exemple de la *Symmetrie* des *Apropriations* d'un Subſtantif. p. 132. l. 12. p. 139. l. 4.

Ingenieux *Artifice* Oratoire, pour joindre des faits ſi differens que la Copulative, *&*, ne les peut joindre. Precepte tres-utile. p. 136. l. 18. 137. l. 1.

Il faut ſuivre les Termes & l'Expreſſion des *Artiſans* lors qu'on parle de leurs Ouvrages, ils portent leur emphaſe. p. 148. l. 36. p. 176. l. 12.

La *ſurcharge d'Ajectifs* ou leur *abondance*, quelque propres qu'ils ſoient, eſt ridicule. p. 149. l. 4.

Du choix qu'il faut faire des *Adjectifs*, qui marquent les proprietez & le caractere d'un nom Subſtantif, qui

& qui sont ses livrées, cõme les Adverbes sont celles des Verbes, pour faire de justes *Apropriations* & parler juste. p. 151. l. 26. Remarque tres-utile & delicate. Exemples defectueux, & rectifiez. p 151. l. 26. &c. (du faux *numero* 144 de la signature S iij.) p. 147. l. 19.

Notable difference entre les Particules ou prepositions, *a*, &, *par*, dans l'exemple suivant, *Des Troupes acoûtumées à vaincre à son exemple*, ou, *par son exemple*. Remarque tres-utile & sçavante. p. 144. l. 8.

De la difference des Prepositions, *à*, &, *vers*. p. 149. l. 22.

Distinction d'*aprests* & de *preparatifs*. p. 156. l. 4.

*Advis* utile & politique pour un Auteur Relateur. p. 161. l. 10.

De la difference de l'*Alternative*, *ou*, & de la Copulative, *&*. p. 172. l. 2.

Les constructions ou façons d'*Adverbes*, comme, *avant-jour*, rejettent les *Articles definis*. p. 173. l. 8.

De la necessité de joindre les *Actes* ou *Articles* les uns avec les autres. p. 173. l. 16.

De la difference des *Articles definis*

B.

Auteurs naiſſans, un tres-puiſſant motif pour les porter à bien faire. p. 202. l. 1. Avis de tres-grande importance.

La ſimple *uniformité* des termes les plus ſimples dans le recit, eſt préferable à la *Bigarure* qui ſe fait des grands & petits termes. p. 32. l. 8.

De la *Biglerie* ou *Loncherie* oratoire, ou des termes qui en meſme-temps ſemblent regarder de deux côtez, & donner deux idées tres-differentes, vulgairement nommées Equivoque ou obſcurité, & de deux ententes. Remarque des plus utiles & Politiques. p. 32. l. 13.

De la *Bigarure* d'Expreſſion ou de Phraſe, ſans grace & ſans utilité, qui la rend tres-mauvaiſe ; de la maniere de la connoître, de l'éviter & de la rendre uniforme & de méme parure dans une méme Periode. p. 123. l. 5.

De la difference de *Bourgeois* & d'*Habitans* d'une ville. p. 128. l. 33.

S'il ſe dit également bien, *donner & gagner le Combat*, *la Bataille*. p. 134. l. 9.

La difference de *bord* & de *bout*, & leur uſage. p. 139. l. 4.

## C.

habitude de bien s'exprimer, soit en parlant, soit en écrivant; ou du moins de sçavoir faire le discernement de ceux qui s'expriment bien, d'avec ceux qui s'expriment tres-bien. Ces Remarques que nous lui indiquons sont plus que toutes les autres tres sçavantes, tres-curieuses, tres-utiles, tres-judicieuses, tres-élegantes, delicates, agreables, & divertissantes. Les Rectifications ou reformations des expressions originales, sont demontrées ou verifiées aux pages suivantes.

| page | ligne | page | ligne |
|---|---|---|---|
| 5. | 4. | 103. | 34. |
| 7. | 1. | 109 | 12. |
| 12. | 21. | 122. | 26. |
| 17. | 14. | 125. | 15. |
| 20. | 3. | 130. | 7. |
| 26. | 8. | 131. | 18. |
| 29. | 1. | 132. | 3. |
| 39. | 15. | 133. | 26. |
| 65. | 6. | 135. | 1. |
| 70. | 28. | 135. | 24. |
| 72. | 12. | 137. | 14. |
| 82. | 23. | 137. | 27. |
| 83. | 31. | 132. | 20. & 31 *de la signature* S iij *faux numero.* |
| 86. | 13. | | |
| 7. | 6. | | |

| page | ligne | page | ligne |
|---|---|---|---|
| 144. | 25. | 180. | 1. & 20. |
| 151. | 8. &c. | 181. | 31. |
| 155. | 14. | 185. | 30. &c. |
| 156. | 12. | 186. | 18. & 33. |
| 157. | 9. | 191. | 30. |
| 158. | 22. & 36. | 192. | 8. & 14. |
| 160. | 1. 22. & 27. | 193. | 31. |
| 161. | 15. | 194. | 13. |
| 163. | 12. | 195. | 15. |
| 164. | 1. | 197. | 5. |
| 165 | 1. & 17. | 199. | 9. |
| 166. | 1. & 25. | 201. | 8. |
| 169. | 19. & 31. | 202. | 1. |
| 171. | 1. & 16. | 204. | 1. |
| 173 | 29. | 207. | 5. |
| 174 | 24. | 208. | 16. |
| 175. | 31. | | |

Les principaux Actes du Critique qui critique, ou fait la Resolution, Dissolution, ou Dissection d'une Piece Oratoire bien faite, pour former son esprit à la belle, judicieuse, élegante & sçavante composition, qui est le dernier terme de l'Orateur naissant sont,

I. Chercher des défaux ou des irregularitez, soit de Grammaire, soit de

Logique, soit de Poëtique, soit de Dialectique, soit enfin de Rhetorique: ou aussi de Matiere, soit Morale, soit Politique, soit Physique, ou de quelque autre Science de la Piece Oratoire qui se lit.

II. Les découvrir & les faire remarquer clairement.

III. En découvrir ou montrer la cause & l'origine.

IV. Les nommer proprement ou specifiquement, c'est-à-dire par leur propre nom, & non generalement.

V. Les rectifier ou reformer, c'est-à-dire faire passer l'Auteur de l'irregularité à la regularité; mais simplement & sans rien changer dans la piece, qu'on nomme parler ou écrire bien, qui est le premier degré.

VI. Le faire passer au plus & au mieux, qui est le deuxiéme degré.

VII. L'élever au plus haut point, qui est de le faire dire tres-bien.

Lisez les pages 9. & 21. toutes entieres.

De la *Critique* formelle, ou d'expression, qui est la principale (la réele ou materiele est souvent arbitraire ou volontaire) & de sa *Rectification.* p. 10. l. 22.

*Critique* réele sur la difference de Siege & de prise de Place, de Ville & de Citadelle. p. 11. l. 26. p. 40. l. 16.

Des Qualitez morales d'un *Critique*, & de sa maniere d'agir avec les Autheurs qu'il examine, avec Exemples. p. 21. l. 1. &c.

L'Uniformité de *Chronologie*, de temps, ou de date dans l'exposition d'un fait, est tres-utile, & tres-agreable; & au contraire, la varieté y est tres-nuisible & desagreable. p. 21. l. 7. &c.

De l'Harmonie ou douceur de la *Chute*, ou *Cadence*, ou Clausule oratoire. p. 23. l. 32. p. 212. l. 30.

De la force ou emphase du Pronom demonstratif, *ce*, &, *celle*, & de son mauvais substitué, l'article defini, *le*, &, *la*. p. 24. l. 31.

Du bon & du mauvais usage de la diversité de regime ou de construction dans un Recit. p. 28. l. 1.

Delicate difference qui se trouve entre, *reduire*, &, *contraindre*, utile, judicieuse & politique. p. 30. l. 37.

Exemple de *Critique réele* tres-exacte & tres-curieuse. p. 33. l. 23. p. 35. l. 29.

Exemple de *Critique* en *Rectification*, avec reflexion. p. 36. l. 1.

D'où vient qu'une *Cadence*, *Chute*, ou *Clausule* oratoire, est ou plus ou moins agreable, harmonieuse & touchante. Remarque des plus importantes, delicate, instructive & ingenieuse. p. 37. l. 27.

De la fausse *Clausule* oratoire. Observation de grande importance. p. 38. l. 25.

Un Autheur doit se *Critiquer* & se rendre raison de ses dictions & de ses Phrases. Observation tres-utile, avec l'exemple. p. 41. l. 12.

*Critiques* honestes, civiles, guerieres & politiques, ou reflexions tres-utiles pour former l'esprit d'un jeune Orateur. p. 41. l. 32. & p. 42. l. 18.

Le *Critique* doit estre *bien-faisant*, *honeste*, *capable*, & *obligeant* pour l'Auteur qu'il critique. Remarque tres-utile. p. 44. l. 27.

*Critique* de fausse *distribution* & *apropriation* de *Verbes* & d'*Acusatifs*, avec la Rectification tres-exacte, tres-agreable & tres-utile. p. 50. l. 1. &c.

*Conſtruction* irreguliere, mais rectifiée. Obſervation tres-utile. p. 49. l. 31. &c.

Examen tres-utile & delicat des quatre circonſtances locales ou de lieu, *ici*, *de là*, *par là*, *là*, qui répondent aux quatre demandes hiſtoriques, *où*, *d'où*, *par où*, *où*, qui ſont les *ubi*, *unde*, *quâ*, *quò* des Latins. p. 51. l. 22. &c.

De la *Clauſule* d'une Action qui fait celle du Diſcours. p. 57 l. 13.

La neceſſité du *mélange* des Chutes, Clauſules, ou Cadences des Phraſes *maſculines* & *feminines*, à la maniere des Poëtes Verſificateurs, mais ſans *rimes* ou *conſonances*, & de la negligence d'un Auteur qui n'en donne que deux feminines à dix-huit maſculines. Obſervation tres-oratoire & tres-utile. p. 60. l. 21. &c. p. 111. l. 11. p. 126. l. 14.

De la maniere de bien placer les *circonſtances* ou les parties & pieces d'un Fait ou d'une Action, & de la faire valoir, en la mettant dans ſon plus beau jour. Remarque des plus admirables. p. 63. l. 52. &c.

Instructif & agreable paralelle ou *comparaison* de deux Generaux d'Armées avec deux joüeurs de paume ou d'échecs, & tres-utile. p. 64. l. 6. &c.

*Chef-d'œuvre de Critique*, accompagné de *rectification*, plus belle, plus ingenieuse, & plus utile que les précedentes. p. 65. l. 32. jusqu'à la p. 73. l. 17.

Exemple de *Critique*, Politique, Grammatique, Logique, Poëtique, Dialectique, & Rhetorique, outre les precedentes. p. 72. l. 12.

Mauvais exemple de paralelle, ou comparaison mal faite, mais qui devient *admirable* par la *Rectification*. p. 72. l. 25.

De la maniere de faire une bonne chute de Periode finale, ou *Clausule* de Phrase harmonieuse, & qui marque la fin de la pensée, par le déplacement du Nominatif, pour le placer à la suite de son Verbe, lors que le Nominatif ou le Verbe sont monosyllabes (au jugement de l'oreille.) Observation tres-utile & tres-curieuse. p. 85. l. 21.

Du *retranchement* de quelques *cir-*

D.

teur, ne doivent pas eſtre moins exactes que celles des Arithmeticiens, des Muſiciens & des Geometres. p. 78. l. 1.

De la difference qu'il faut mettre entre la *puiſſance* & l'*action*, la reſolution & l'execution, le devoir & le fait. p. 87. l. 19.

Irregularité de *Diſtribution*, ſubjection ou partition. p. 108. l. 20.

Du bon & du mauvais uſage des prepoſitions ou particules *de*, pour *à*, & d'*à* pour, *de*, à cauſe de la mauvaiſe rencontres des Voieles, qui ne ſe pouvant ſuprimer, & ne ſe pouvant ſouffrir, rendent la prononciation mole & languiſſante. p. 126. l. 23.

Le terme general ou plurier a tres-bonne grace à la tête d'un denombrement, à cauſe qu'il embraſſe les particuliers. p. 130. l. 27.

La Metatheſe, *Deplacement*, ou tranſpoſition des Dictions dans une Phraſe, pour rendre la prononciation moins dure, rude, ou raboteuſe, ne donne pas ſeulement de la grace au diſcours, mais elle fait encore une agreable ſuſpenſion ou ſurpriſe. p. 111. l. 29. p. 115. l. 32. p. 134. l. 9. & 14.

De la

## E.

*Expreſsions*, par le ſecours des *Adjectifs*, ſoit de nombre, ſoit d'étenduë. Obſervation tres-curieuſe & precepte des plus importans. p. 33. l. 32.

De la difference d'*Eſcarmouches heureuſement engagées*, & d'*Eſcarmouches heureuſes*, ſimplement. Obſervation tres-curieuſe, utile, inſtructive & delicate. p. 35. l. 14.

De la difference d'*Exact* ou *Fidele*, & de *Veritable*, dans un Recit; & ſçavoir ſi *Exactitude*, *Fidelité*, & *Verité* ſont ſynonymes & ſemblables dans un Recit de fait ou hiſtorique, & lequel eſt le plus propre & le plus élegant des deux ſubſtantifs, *Detail* & *Recit*, & de leurs Adjectifs *Fidele*, ou *Exact* & *veritable*, pour dire, *Detail fidele*, *Recit veritable*: ou au contraire, *Veritable recit*. Obſervation tres-utile & curieuſe. p. 37. l. 14.

Obſervation utile & curieuſe ſur l'*Emphaſe* de l'*Expreſsion*. p. 56. l. 14.

Ingenieuſe difference entre *Epouvante* & *terreur*. p. 59. l. 20.

L'Art des *Expreſsions magnifiques*, ou *Pompeuſes*, & leur lieu. p. 60. l. 11.

De l'*Emphaſe* de l'Article defini ou

Mauvais *Emploi* de bonnes *Expressions*. Remarque tres-utile. p. 108. l. 11.

De la lumiere & de l'*Emphase*, du Pronom personel relatif *Eux*, de troisiéme personne. p. 100. l. 13.

De la difference de l'*Eloquence* narrative & de la deliberative. p. 121. l. 1.

De la difference d'*Epouvanter*, & de *jetter l'épouvante*. p. 58. l. 6. p. 130. l. 30.

Exemple d'*Exactitude* d'Expresion, tres-utile pour les jeunes Orateurs. p. 131. l. 19. p. 138. l. 19.

L'*Exactitude* des Hypotyposes ou peintures dans les faits, qui ne le meritent pas, est vicieuse. p. 133. l. 33. p. 134. l. 17. p. 135. l. 13.

*Exactitude* affectée & inutile est vicieuse, & la negligence est quelques fois élegante. p. 133. l. 34.

De l'usage du Pronom relatif demonstratif, *en*, & local, *y*, & de la necessité de rappeller & de rétablir le Pronom relatif demonstratif, *iceluy* & *icelle*, incomparablement meilleurs que leurs substituez *luy* & *elle*. p. 146. l. 1.

Il faut abandonner les *Expressions*

vulgaires & leur usage lors qu'elles sont tres mauvaises, & que la langue en a d'autres tres-bonnes. p. 158. l. 9.

De la difference de la copulative, *&*, & l'alternative, *ou*. p. 172. l. 2.

Difference entre s'*opposer* & *empescher*. p. 174. l. 13.

De l'*Exactitude* des Expressions pour ne pas prendre le change des Expressions generales pour des speciales, & des speciales pour des generales. p. 181. l. 23.

## F.

LA maniere de bien deduire un *Fait*. p. 4. l. 34. &c.

Des proprietez d'un *Fait*; ou fait ou à faire. p. 15. l. 26.

De l'Exactitude qu'il faut garder dans l'Exposition ou tableau d'un *Fait* vulgairement nommé Hypotypose. p. 16. l. 5.

Ingenieuse & dilicate, mais judicieuse, utile & politique distinction entre *Forcer* & *incommoder*. p. 29. l. 15.

De la foiblesse de l'Expression generale dans de certains *Cas* ou *Faits*, &

ẽ v

## G.

rales aux speciales, qui donne tant de grace au discours oratoire, & si propres pour faire les plus belles entrées ou exordes, qui conduisent insensiblement au sujet, & qui sont, comme on parle, *ex visceribus causæ*. p. 9. l. 2.

Du bon & du mauvais usage des deux Adjectifs de grandeur, l'Arithmeticien *tout*, & le Geometrique *Grand*. Precepte & observation tres-utile, delicate, ingenieuse & curieuse. p. 25. l. 8.

Belle *Gradation* de mouvement par ce qui le commence, le continuë, & le finit. p. 55. l. 14. &c.

De l'*Exactitude de Geographie* dans un recit de fait, & de son irregularité, honteuse à un Autheur Relateur, avec son exemple. p. 71. l. 19. p. 135. l. 1.

La *Gradation* où les degrez des Verbes, ou des Actes de l'agent dans un Recit, ne doivent pas estre confondus & pris l'un pour l'autre, comme *chercher*, *trouver*, & *donner* des quartiers. p. 105. l. 5.

Le Relateur dans le Recit des faits ou actes, doit avoir égard à la *Geographie* & à l'usage receu. Remarque

## H.

## I.

briſure de Phraſe, ou tranſpoſition, que la Langue Françoiſe ne peut ſouffrir dans ſa Proſe, au contraire de la Latine, qui l'affecte d'une maniere tout à fait capricieuſe, à cauſe de la quantité ou cadence de ſes voyeles les bréves & les longues, & donne trop à la ſuſpenſion, au prejudice de l'attention & de l'intelligence de l'Auditeur, ou du Lecteur. p. 67. l. 2. p. 159. l. 24. p. 197. l. 5.

De l'agreable *Inquietude* que l'Hiſtorien doit donner à ſes Lecteurs, & l'Orateur à ſes Auditeurs, que le vulgaire appelle *Surpriſe* & choſe non attenduë. p. 71. l. 32.

De la maniere d'éviter les *Infinitifs* pour des Subſtantifs, ſur tout dans la Proſe, comme le *penſer* pour la *penſée*. p. 95. l. 2.

L'*Interruption* de la conſtruction de la Phraſe eſt utile & de bon gouſt lors qu'elle fait une agreable ſuſpenſion ou retardement. Remarque tres-utile & curieuſe. p. 102. l. 5.

De la difference de *jour* & de *journée*, qui ne ſont pas proprement ſynonymes. Obſervation d'exactitude,

## L.

M.

prepoſitions *a, en, par, vers*, p. 80. l. 19.

La langue Françoiſe dans la Proſe comme dans les vers affecte quelquefois les petits membres, à la façon des vers leonins ou adoniques François de cinq ſyllabes ou petites meſures ; comme, *chacun à ſon tour*, à la maniere des Latins, *Creſcit eundo. Dormit Homerus. Ferro non auro. Tute ſi cante. Arma ſuperſunt.* p. 100. l. 31.

De la prudence d'un Auteur dans l'emploi des *Modifications* des Verbes par les Adverbes. p. 121. l. 24.

La Maniere ou l'Art d'employer les *inciſa* ou petits *membres* & ſimples dictions & mémes les Articles ; le trop grand nombre en eſtant mauvais, & la maniere de les éviter. Remarque & precepte des plus importans pour la diverſité & majeſté des plus belles expreſſions. p. 148. l. 15. (*de la deuxiéme* S ij *ou ſignature, à cauſe que le numero ou chifre eſt faux.*) p. 49. l. 15.

*Munition* de guerre eſt comme certains Subſtantifs qui ne demandent point d'Ajectifs eſſentiels ou principaux, il porte ſon caractere p. 149. l. 2.

Quand faut-il employer les *Inciſa*,

incisions, petits membres, ou petites Phrases, qui font le style laconique, ou coupé, vif & precipité, oposé à la periode quarée. p. 149. l. 15.

La *Maniere de décrire* un mouvement local, ou progressif. Remarque tres-utile. 162. l. 1.

## N.

De la *Necessité* des Expressions principales ou dominantes. p. 8. l. 5.

De l'étenduë d'un *Nominatif*. p. 19. l. 31.

Qu'il faut éviter un *Nominatif* de trop grande étenduë, qui fait trop attendre son Verbe, & qui fatigue l'attention du Lecteur ou de l'Auditeur. Exemple exorbitant. p. 19. l. 31. p. 53. l. 16.

De la *Naïveté* de l'Eloquence Historique. p. 26. l. 26.

Qu'il faut suivre son *Nominatif* & ne point le changer ou quiter. p. 31. l. 8. &c.

De la necessite des Adjectifs. p. 50. l. 13. p. 51. l. 11. &c.

O.

P.

de s'interrompre pour ne pas en dire davantage, mais historique, fine, delicate, & politique; qui revient à l'*&* *cætera* des denombremens d'actes, de qualitez des grands Seigneurs, & que l'on peut nommer le coup de maître historien, dans un recit d'importance. Observation tres-utile & tres-delicate. p. 35. l. 9.

De la bonne & de la mauvaise *Place* des *Adjectifs*, *Adverbes* & autres *Adjoints*. Advis tres-utile. p. 37. l. 18.

De la difference qu'il faut faire entre les noms generaux & spaciaux, ou propres pour *parler juste*. Observation tres-utile. p. 40. l. 16.

De la necessité de choisir les *Paroles*, & les *Phrases* pour parler juste, & pour estre entendu & imité. p. 43. l. 10.

De la difference des *Prepositions* *par* & *dans*, par des pays & dans des pays. p. 51. l. 22. &c. p. 137. l. 10.

De l'Energie des Phrases verbales, ou periphrases & circonlocutions, sur les simples Verbes. Observation tres-oratoire. p. 58. l. 2. &c.

Ingenieuse & delicate, mais utile difference entre *porter* & *ietter la*

*terreur*

*terreur*. p. 58. l. 21. &c.

*Prodigieuſe* interruption de Phraſe. p. 67. l. 2. p. 70. l. 21.

De la Periode, Article, ou paragraphe de quatre membres ou parties. Critique tres-exacte & instructive. p. 70. l. 28.

De l'uſage different des prepoſitions *de*, *du*, *par*, enſuite des Verbes paſſifs. Obſervation tres-delicate. p. 33. l. 4.

De la maniere de faire des *Paſſages* ou tranſitions dans le diſcours, d'une penſée à une autre, comme qui diroit des galeries ou coridors. p. 75. l. 17.

De l'art & de l'utilité de la *Ponctuation*, de virgule, de point & virgule, de deux points, du point, &c. p. 83. l. 13.

De la *Ponctuation* ou diſtinction des paroles pour bien declamer. p. 83. l. 23.

Du bon & du mauvais uſage des particules locales ou de lieu, comme *là*, *ici*, qui marquent les termes du mouvement local, *ou*, *d'où*, *par où* p. 90. l. 5.

Les *Pronoms* perſonnels & relatifs ne ſont que les valets de pied, les Procureurs & les envoyez, ou les Gentilhommes ſervans des noms principaux & des antecedens qui en ſont les maîtres & les ſouverains. Obſervation tres-utile & tres-curieuſe. p. 92. l. 1. p. 131. l. 8.

Des tierces *Perſonnes*, ou *Proſopopées*, par abſtraction ou dégagement, comme *Sainteté*, *Majeſté*, *Alteſſe*, *Excellence*, *Grandeur*, &c. qui ſont d'un grand ſecours à l'éloquence majeſtueuſe. p. 92. l. 1.

De la foibleſſe du Verbe *Penſer*, dans la pratique, à cauſe qu'il n'exprime qu'une ſimple diſpoſition de l'agent (comme celuy d'*obliger* dont nous avons parlé p. 86. l. 13.) Obſervation tres-utile & curieuſe. p. 93. l. 25.

Exemples de *Periodes* de trois & quatre membres ou parties, avec la maniere de les faire & de les méler. p. 103. l. 1. p. 158. l. 22. avec leurs formules & les courtes ou laconiques. p. 159. l. 14.

De la *Prudence* d'un Relateur p. 103. l. 22.

Du bon & du mauvais uſage de la *Periode* quarée. p. 104. l. 3.

L'Energie & l'emphaſe des *Paroles* bien choiſies & bien aſſorties donnent au ſujet & au diſcours beaucoup de grace & de force. p. 104. l. 17.

La *Periphraſe* du Verbe dans le ſtyle ſublime eſt preferable à l'expreſſion ſimple, plate & ſans ornement, comme auſſi dans le defaut des propres paroles, ſoit noms, ſoit verbes, & la maniere de la faire. p. 105. l. 24. p. 109. l. 13. p. 113. l. 31. p. 130. l. 3.

Le *Preterit* plus que parfait n'eſt pas propre pour marquer un datte ou une Chronologie toute fraiche ou recente d'un fait qui eſt comme nouveau, & qui ſe trouve entre le temps preſent & le Preterit imparfrit; le Verbe auxiliaire *venir* s'y trouve d'un grand ſecours. Remarque tres-utile & delicate. p. 105. l. 27.

De l'art de tourner les *Periodes* en pluſieurs manieres pour la cadence, l'harmonie, & la majeſté. p. 111. l. 8.

De la dignité & de l'uſage du Verbe *Proteger*. p. 112. l. 17.

De l'Energie ou de la force du *Preterit imparfait* du *Subjonctif*, qui a la force du futur. Remarque tres-utile. p. 120. l. 30. p. 122. l. 22.

De la baſſeſſe & indignité du pronon *poſſeſſif* de la troiſiéme perſonne.

## Q.

## R.

ques fois des Phrases, est souvent bonne & souvent mauvaise. p. 11. l. 1. &c. p. 179. l. 27.

De l'Uniformité d'un *Recit*, ses preceptes, & son utilité. p. 16. l. 28. &c.

Ingenieuse difference, mais Politique & instructive, entre *contraindre* & *reduire*. p. 30. l. 37.

Grand Exemple de *Rectification* avec reflexion tres-exacte & tres-instructive. p. 36. l. 1.

La *Reprise* ou *Repetition* du Nominatif dominant devant son Verbe, est autant vicieuse & desagreable dans le discours, que celle du Vocatif est loüable, obligeante & agreable. Observation tres-utile. p. 38. l. 13.

Ce que doit faire l'Orateur lors que la *Reprise* du Nominatif dominant, ou principal est indispensable. p. 38. l. 21.

*Reflexions* civiles, honnestes, politiques, guerrieres, oratoires & historiques de grande utilité & importantes aux Auteurs. p. 41. l. 32. & 42. l. 18.

De la fâcheuse *Rencontre* des voïeles, *a*, *i*, *o*, *u*, dans la cesure des Dictions, à cause qu'elles ne s'apostrophent ou ne se mangent point, & la

*Reflexion* tres-utile sur la Phrase metaphorique ou de similitude, *donner de la jalousie à un General*. p. 106. l. 21.

De la difference du *Relateur* & du Politique. Remarque tres-utile & curieuse. p. 121. l. 2.

*Remarque* fine, delicate, curieuse & utile, pour la conduite de la politique des jeunes *Relateurs*. p. 121. l. 23.

Les Termes *Relatifs* ou de Relation, comme le *haut*, & le *bas*, le *plain*, & le *vide*, le *moindre* & le *plus grand*, sont inseparables, ils doivent tous estre & paroistre ensemble p. 123. l. 29.

Du bon & du mauvais usage de *Residence*. p. 130. l. 29.

Explication du terme *Residence*, & reflexion, utile & curieuse. p. 132. l. 3.

Du devoir d'un *Relateur* dans l'eloquence narrative, de l'usage de la reprise d'un fait, son explication & son utilité. Exemple de rectification. p. 151. l. 1. ( du faux numero de la signature S iij ) voyez la p. 208. l. 16.

La maniere de *Rectifier* une Phrase. p. 182. l. 34. p. 183. l. 18.

De la *Recapitulation* & de son usage. p. 211. l. 24.

## S.

QU'est-ce que noms & verbes *specifiques*. p. 4. l. 11.

La *Suspension*, la grace, l'élegance, la passion, ou les mouvemens sont les seules forces majeures, qui dans les pieces oratoires peuvent & doivent separer, de leurs Verbes, les Datifs & les Accusatifs, & les deplacer. Precepte des plus utiles & des plus importans, & au contraire le deplacement en est ridicule & nuisible. p. 22. l. 4.

De l'excellence des expressions *specifiques propres ou justes*. p. 24. l. 24.

Le *Style* heroïque mêlé avec l'historique fait un tres-mauvais mélange. Observation tres-utile, delicate, & curieuse. p. 25. l. 29.

De la noblesse du *Style* heroïque & pompeux & de son usage. p. 25. l. 35.

De la simplicité du *Style* historique. p. 25. l. 35.

De l'uniformité du *Style narratif*, qui ne doit pas estre fait de maîtres termes & de pronoms personnels relatifs, qui n'en sont que les domestiques. p. 28. l. 22.

De la *Subſtitution* des noms abſtraits en tierces perſonnes aux noms propres de Seigneurie, d'Office & de Dignité. Obſervation tres-delicate & tres-utile pour l'élegance & la politeſſe de la Langue. p. 31. l. 31.

De l'excellence de la *Synecdoche* ou figure qui prefere la partie au tout, & de ſon élegance. p. 55. l. 32. p. 68. l. 32.

Des divers bons & mauvais uſages de la particule, *ſi*. Obſervations tres-utiles & tres-curieuſes. p. 62. l. 17. &c.

De la *Surpriſe* que doit donner un Auteur à ſes Lecteurs. p. 71. l. 32.

Exemple de *Symmetrie* oratoire negligée & rectifiée p. 72. l. 2.

La *Situation* des choſes placées ou ſituées doit eſtre marquée par les termes d'éloignement p. 77. l. 17.

La delicateſſe & l'élegance de la langue Françoiſe demande l'uſage des termes *ſpecifiques*, à la teſte de leurs ſinguliers dans le denombrement. 79. l. 12.

Du Verbe d'adouciſſement ou correctif, *Sembler*, pour diminuër & mitiger la force d'un autre Verbe, qui eſt trop abſolu & trop ferme, & que l'on peut nommer le diese de l'éloquence. Remarque tres-utile. p. 109. l. 5.

De l'emphase & de la force du pronom personnel primitif de troisiéme personne, *se*, ou, *soi*. p. 113. l. 26.

Du vice de la *surabondance*, ou *superfluité* ( Pleonasme ) de l'expression. p. 116. l. 27.

De la magnificence du style & des expressions par rapport au sujet. Remarque importante. p. 124. l. 14. p. 129. l. 24.

De la difference de *Maistre* & de *souverain*. Remarque utile & curieuse. p. 128. l. 8.

De l'excellence de l'expression absoluë des simples *substantifs*, qui rejettent les adjectifs, ou suplemens, ou chevilles. p. 128. l. 35.

De la bassesse du *Style*, par le mauvais usage qui s'en fait. p. 129. l. 22.

*Surcharge* en exaggeration d'adjectifs mal entendus, vicieuse, ils cachent le substantif, ils l'étoufent & rendent la Phrase obscure. Critique fort delicate & tres-utile. p. 133. l. 26. p. 135. l. 1. p. 137. l. 14.

*Solecisme* ou *Souflet* donné à Ronſart, groſſier & delicat. Remarque tres-utile. p 135. l. 35. p. 163. l. 23.

D'où vient que la Langue Françoiſe ſouffre le *Solecisme* ou mauvaiſe conſtruction de l'adjectif avec le ſubſtantif, comme *mon amie*. p. 136. l. 11.

De la difference des prepoſitions *ſous* & *au deſſous*. Critique des plus ingenieuſes & utiles. p. 139. l. 20.

Du bon & du mauvais uſage de *ſouffrance*, dans la Phraſe qui ſuit, *des Troupes accoûtumées à ſouffrir les fatigues &c.* & qu'elle eſt injurieuſe aux Princes. Remarque tres politique, utile, curieuſe, & ſçavante : ſa rectification. p. 144. l. 25.

Du grand uſage ou ſecours du *Superlatif* dans les grandes expreſſions, de ſa force, de ſa grace, & de ſon élegance. p. 145. l. 24.

De l'élegance & de la beauté de la *ſuſpenſion* oratoire, ou *inquietude* de l'Auditeur, entre deux noms ſubſtantifs. Remarque tres-oratoire & tres-élegante. p. 145. l. 31.

De la maniere d'élever le *Style*, du bas ou ſimple, à l'élevé ou figuré. p. 145. l. 24.

## T.

quelques Adjectifs & ornez, afin de les dépéïſer ou dépopulariſer. Remarque tres-utile, curieuſe & inſtructive. p. 104. l. 21.

La maniere de tourner une Phraſe ou d'aranger ſes parties, pour la rendre plus nette & plus élegante & moins interrompuë. p. 151. l. 15. p. 152. l. 26.

Les *Termes* propres & ſpecifiques doivent eſtre preferez à tous les impropres. p. 161. l. 5. p. 186. l. 30.

De l'uſage des *Termes* communs, lors que les ſpecifiques manquent. Remarque tres-importante, p. 164. l. 1. p. 169. l. 8.

L'art de faire des *Tranſitions*. Remarque tres-utile. p. 175. l. 1.

## V.

DE l'*Vniformité* d'un recit, ſon *vtilité*, & ſes preceptes. p. 16. l. 28. &c. p. 32 l. 18.

L'*Vniformité* de Chronologie ou de temps dans un Recit eſt tres-utile & tres-élegante, & la *Varieté* tres-nuiſible. p. 21. l. 7. &c.

*Vniformité* de regime, de Nomina-

ployer la mesme, qui choque & qui déplait à l'Auditeur. p. 148. l. 22.

Les *Verbes* regis & regissans ne doivent jamais estre éloignez l'un de l'autre que par une force majeure ou indispensable, & la maniere de les joindre. p. 149. l. 19.

De la difference de *Vivacité*, & *vigueur*, de *vif* & de *vigoureux*. p. 148. l. 17.

De la difference des prepositions *vers*, & *a*. p. 149. l. 22.

Le Relateur doit étudier la *vraisemblance*, & la maniere de la faire. p. 159. l. 29.

Du Verbe auxiliaire, *Venir*, p. 161. l. 16.

De la difference & de l'usage des *Verbes*, *se saisir*, *s'emparer*, *forcer*, & *emporter*. Remarqus tres-utile. p. 192. l. derniere.

Les *Verbes* specifiques n'ont pas besoin des modifications d'Adverbes ou autres, à moins de superfluité ou surabondance ridicule, à la façon de *Corbeau noir*, ou *beste brute*, comme, *emporter une Place d'assaut*. Remarque tres-utile & curieuse. p. 203. l. 11.

Et plusieurs autres qui se trouvent dans la Critique rectifiée de la méme Relation.

Voyez l'Avis au Lecteur de la méme Relation en Critique rectifiée.

---

## *LA LISTE DES LIVRES d'Eloquence, qui (sans parler des Harangues, des Lettres missives, & des Vers commandez) se debitent à l'Academie des Orateurs.*

I. LEs deux cent & tant de Problemes, ou Questions problematiques (sur toutes sortes de sujets) utiles, instructives & divertissantes, traitées *pour* & *contre* philosophiquement & oratoirement, c'est-à-dire, solidement & agreablement, en diverses manieres, avec la decision de chaque Problême, *in 4°* & *in 12. Voyez en la Liste à la fin de nostre Parfait Secretaire.*

II. L'Art de bien dire, ou les Topiques, sources de raisons d'un discours, comme qui diroit les magasins & les reservoirs de la Rhétorique, *in 8°*

III. La Rhetorique des Predicateurs, utile aux Avocats, *in 12.*

IV. La petite Rhetorique des Predicateurs, *in 12.*

V. La Rhetorique des Avocats pour plaider juste & faire des Ecritures; tres-utile aux Predicateurs qui plaident en Chaire, qui accusent & qui deffendent, *in 12.*

VI. L'Art de faire un discours, que le Vulgaire nomme, *in promptu* (soit pour la Chaire, soit pour le Cercle de conversation) de se faire un style, de lier un discours, & de luy donner de la suite, sur toutes sortes de sujets, 12.

VII. La maniere, ou l'art de faire une bonne & forte morale en Chaire, que le Vulgaire nomme l'application, & de la rendre pathetique & touchante, *in 12.*

VIII. La maniere de déguiser un Sermon ou un Panegyrique, une Lettre ou tout autre discours. Ouvrage utile, instructif & divertissant, *in 12.*

IX. La maniere de faire une forte, instructive, sçavante, utile & divertissante Critique, & de rectifier un Auteur. *in 12.*

X. Le Camouflet des Autheurs & des Orateurs assoupis, ou Critique raisonnée sur l'une des plus belles Pieces oratoires de l'un des plus beaux & des plus delicats Esprits de la Cour, mise en partition, comme qui diroit demontée ou decomposée, dont les remarques, les regles & les rectifications sont d'une tres-grande utilité pour ceux qui veulent écrire & parler purement la Langue Françoise, & connoître le fort & le foible d'une Piece d'Eloquence bien travaillée, *in 4o*

XI. Le Camouflet des Poëtes Versificateurs, ou l'admirable Sonnet de M. de Malherbe, mis en partition, ou Critique raisonnée, avec la Rectification ou reformation : ouvrage tres-utile & tres-divertissant, en faveur de ceux qui aiment la Poësie & la Versification, qui se plaisent à l'entendre & qui veulent en parler sçavamment, *in 12.*

XII. Les Regles, les Routes, ou l'Art de la Critique, & la maniere d'acquerir l'habitude de bien parler & de bien écrire avant que de venir à la composition, accompagnée, pour exemple, de l'un des plus beaux & plus forts passages de Ciceron, critiqué ou mis en partition, qu'on peut nommer le chef-d'œuvre de la Critique raisonnée, & plusieurs autres, soit de Prose soit de Vers, mais rectifiez. *in 12.*

XIII. L'Art de bien lire les Auteurs, & de faire de judicieuses & methodiques remarques, que le Vulgaire appelle Repertoires ou lieux communs, *in 8o*

XIV. La maniere de faire de bonnes Lettres missives familieres & de judicieuses Réponses, sous le nom de Boussole, *in 12.*

XV. La maniere de faire des Lettres missives travaillées ou galantes, *in 12.*

XVI. L'Art de faire des Billets, ou Lettres racourcies ou laconiques, *in 12.*

XVII. Le Pathetique & le tendre de l'Orateur, ou la maniere de composer pour l'action, pour la grace de l'Eloquence & pour les mouvemens qui font le chef-d'euvre de l'Art Oratoire, *in 12.*

XVIII. La maniere de connoître les cinq

principales Nations de l'Europe, les François, les Espagnols, les Alemans, les Italiens & les Anglois, & d'en faire des conversations, *in 12.*

XIX. La Liste des meilleures Lettres missives de nos meilleurs Auteurs, *in 12.*

XX. Le Ceremonial ou les Formalitez qui s'observent dans les Lettres Royales, soit actives soit passives, pour sçavoir de quelle maniere le Roy écrit à ses égaux & à ses inferieurs, & de quelle sorte ses inferieurs, comme Monsieur & les autres Princes luy écrivent & les autres personnes, & de quelle façon on écrit à son superieur, à ses égaux & à ses inferieurs, *in 12.*

XXI. Plus de quatre cent Questions curieuses sur la proprieté & la netteté, l'exactitude & la justesse, la douceur & la politesse de la Langue (que M. de Vaugelas n'a pas voulu traiter) avec les raisons & les Exemples, & qui donnent de grandes lumieres aux jeunes gens.

XXII. La Rhetorique du bon sens ou de ceux qui n'ont pas les études de College, par laquelle on entre en conversation avec les plus sçavans, sur toutes sortes de sujets; on parle de la force & de l'excellence d'un beau discours, comme en parlent les Maistres; on fait naistre les doutes ou les opinions dans un cercle; on reduit les sentimens à un chef, & l'on concilie ceux qui sont les plus opposez; mais elle ne se donne qu'en manuscrit. C'est en effet par cette methode qu'à parler comme le Vulgaire, nous donnons de l'esprit directement & que nous cultivons le jugement ; & la memoire indirectement ou par consequence ; de mesme que nos deux admirables Memorialistes d'aujourd'huy donnent de la memoire directement pour ainsi dire, l'illustre Monsieur Rou, qui dans huit Tables ou Cartes nous donne toute l'Histoire, & le fameux M. Marcel qui nous donne celle de prés de dix-sept siecles, en vingt Tablettes, admirablement bien écrites & gravées par l'inimitable M. Senaut M. Ecrivain Iuré à Paris : Ouvrages qui font le divertissement de ceux qui sont bien aises de passer pour des Biblioteques vivantes, à la maniere des fourmis qui pillent par tout, pendant que d'autres, à la maniere des aragnées, tirent tout d'eux-mesmes, & que d'autres enfin, faisant un agreable mélange & des Fourmis & des Aragnées, à la façon des Abeilles, & confondant leurs richesses avec celles des autres, suivent la plus loüable maniere.

Voyez les autres tables qui sont à la fin de nostre Parfait Secretaire, sous le titre de Boussole.

*Ces Exemplaires se distribuent, à l'Academie des Orateurs, Place Dauphine, à la Renommée, deuxiéme Apartemant.*

www.ingramcontent.com/pod-product-compliance
Ingram Content Group UK Ltd.
Pitfield, Milton Keynes, MK11 3LW, UK
UKHW031902260826
14628UKWH00002B/934

9 782013 04999